Fatima og Peter

Fatima og Peter

Poul Otto Jørgensen

© 2023 Poul Otto Jørgensen

Forlag: BoD - Books on Demand - Hellerup - Danmark

Fremstilling: BoD - Books on Demand - Norderstedt, Tyskland

ISBN 978-8743054870

Indhold

Forord

Fatima kom til mig i en drøm. Jeg drømte det hele en nat, lige da jeg var kommet hjem til Perstorp i Sverige. Jeg var så heldig, at jeg vågnede, netop da handlingen i drømmen var færdig, og jeg kunne huske det hele.

Så jeg fik travlt med at notere alle hovedpunkter, så jeg senere kunne skrive historien om Fatima og Peter.

Natten var lang, troede jeg, så jeg skrev og skrev og tiden gik. Da jeg var færdig, var det blevet lyst, så jeg kunne ikke nøjes med gardinet, der var trukket for, men måtte trække rullegardinet ned. Der har boet en mand i lejligheden før mig, som havde nattevagter, så rullegardinet er effektivt. Det lykkedes på den måde at få sovet et par timer mere.

Selvom Fatima var kommet til mig i en drøm, oplevede jeg noget mærkeligt, for efterhånden, som jeg skrev bogen, genkendte jeg mangt og meget i drømmen fra mit eget liv, så det vil være forkert at sige, at Fatima er fri fantasi. Fatima er et produkt af mange ting fra mit liv lige fra ungdommen og til nu.

Jeg må erkende, at drømmen om Fatima, tangerer virkeligheden, selvom personerne har andre navne og herkomst.

Da jeg havde skrevet bogen færdig, blev jeg bevidst om noget mere. Jeg opdagede, at det jeg havde skrevet, var gennemsyret af min ven Soufianes budskab til alle mennesker. Det sniger sig ind hver gang, jeg skriver; jeg må konstatere, at jeg er hans tro discipel!

Soufiane siger: "Vi må erkende, at vi behøver hinanden, vi har brug for hinanden på denne, vor jord. Det den ene ikke har, har den anden, og det den ene ikke ved, ved den anden. Hvis vi vil overleve, må vi tænke globalt. Så vi bliver nødt til at acceptere, respektere og have forståelse for hinandens forskelligheder og samtidig være stolte og glade for hinandens ligheder."

Jeg har citeret Soufiane før og det bliver sikkert heller ikke sidste gang, jeg citerer ham.

Jeg konstaterede også, at min egen holdning til livet havde sneget sig ind i drømmen. Jeg fokuserer meget på, at vi indtil videre kun har denne jord at leve på, så vi skal leve med omtanke.

Er det stjernestøvet i blodet, der spøger!?

Lige en praktisk ting. Den stavemåde jeg har anvendt i arabiskenavne/berbernavne er den arabiske stavemåde, ligesom steder i Sverige, Marokko etc. også er stavet på lokal vis.
Men lad os bevæge os ind i drømmen!

Hjemme i Perstorp

Jeg sad endnu engang på varmebænken lige uden for biblioteket i min hjemby, Perstorp i Sverige. Det var en sen aften i slutningen af april.

Som fortalt flere gange før, er den, den ene af to bænke i byen der er opvarmet med fjernvarme, så man falder let i staver, når man sidder på den.

Jeg var netop ankommet alene fra mit andet hjem i Marokko. Hvor jeg bor en del af tiden i bjergbyen Hay Assersif nord for Agadir. Min kone Jamila ville ikke følge med mig denne gang.

Det var forståeligt nok, for det er blevet meget mere besværligt at rejse fra Agadir til København efter coronapandemien, hvor flere af flyselskaberne har begrænset deres flyvninger på denne rute samt hævet priserne.

Det absolut billigste selskab er Ryanair. Det tager ibland sin tid, men da der er afgange fra Agadir til flere europæiske byer, gælder det om at finde en passende by for mellemlandingen, hvor opholdet ikke varer for længe. Jeg har flere gange rejst fra Agadir til Milano-Bergamo og videre til Kastrup på denne måde på totalt tolv timer og tilmed til priser under 1000 DKK. Denne gang havde begge flybilletter kostet lidt mindre end 900 DKK. Den totale tur fra Hay Assersif til Perstorp havde taget 18 timer, så jeg var lidt mørbanket her den næste aften og havde stadig rejsefeberen i kroppen.

Det var i slutningen af Ramadanen. Jeg var ellers blevet opfordret af familien i Marokko til at vente med mine besøg i Sverige og Danmark til Ramadanen var slut. Men for at vende tilbage til flybilletterne, var priserne ekstra høje umiddelbart efter Ramadanen, så jeg besluttede på trods af familiens protester at tage af sted, inden dens afslutning, det var min pengepung det gik ud over! De sparede penge kunne jeg godt bruge til noget andet.

Det var ikke stjerneklart denne aften. Aftenhimlen var dækket af lette skyer, så jeg kunne ikke kigge efter stjerner og UFO'er. I stedet sad jeg og filosoferede over, hvordan vi kunne løse jordens overbefolkning på en god og human måde, uden at økonomer og eksperter fik lejlighed til at ødelægge planerne.

Hvis vi kunne reducere jordens befolkning, ville vi samtidig løse flere andre problemer.

For som jeg tidligere har prædiket: "Har vi indtil videre kun denne jord at leve på!

Og kun denne jord til at nedbryde vores affald!"

Forureningen er en følge af vores mangfoldighed, og det løbske klima er også en følge af vores mangfoldighed!

Selvfølgelig kan foranstaltninger for at reducere drivhusgasser og anden forurening hjælpe os et stykke tid, men det er lidt ligesom at tisse i bukserne, det varmer kun en kort tid.

Jeg tænkte også på, hvor lidt der skulle til for at vælte læsset i vor civilisation, en solstorm, en supervulkan eller et himmellegeme, der braser ind i jorden.

Jeg tænkte på kunstig intelligens

Jeg tænkte på spionage, russernes og vores egen. Den spionage med skibe og fly, som pressen fokuserede meget på lige nu, var i virkeligheden gammel vin på nye flasker. Vi havde i mere end 50 år provokeret hinanden og overtrådt hinandens territorium med skibe og fly. Ja, og nu søgte gode gamle Sverige om optagelse i NATO, Erdogan spændte godt nok ben for processen; men hvor længe kunne han det?

Jeg tænkte på et nært familiemedlem, der de sidste år havde arbejdet intenst med sig selv og var blevet forvandlet til et menneske i balance med sig selv og sin omverden.

Ja, mine tanker var mange og spændte vidt!

Da jeg var længst væk, mærkede jeg, at jeg blev prikket blidt på skulderen?

Uden, at jeg havde anet det, havde en person lige så stille sat sig ved siden af mig på bænken i denne stille aftentime.

Jeg så ind i et par kønne, mandelformede, mørkebrune øjne i et lige så kønt ansigt med regelmæssige fine træk. Det hele var "pakket ind" i et hvidt tørklæde.

Jeg havde set de mandelformede øjne før, men aldrig som nu; de ellers altid smilende øjne var tårefyldte!

11

De tilhørte en pige, jeg havde set mange gange før inde på biblioteket. Vi hilste altid på hinanden og somme tider drøftede vi de daglige begivenheder i verden og drøftede også videnskabelige artikler. Jeg vidste, at hun hed Fatima og var særdeles godt begavet.

Hun var midt i tyverne, vil jeg tro, ikke så stor, måske var hun også berber som min kone Jamila.

Jeg vidste, at hun var fra Irak og boede sammen med sin familie i Perstorp. Hun talte meget bedre svensk end jeg, da jeg som dansker, aldrig vil blive perfekt til svensk.

Da jeg havde sagt hej til hende, svarede hun med et lavmælt hej igen.

Jeg spurgte hende om, hvad der var årsag til hendes tårer? Hun svarede, at hendes far Mohamed, ville have, at hun skulle giftes med en mand fra Irak, der hed Hussein og boede i Hässleholm. Hun vidste at Hussein drak i smug og lavede luskede forretninger, endvidere var han en brutal, støjende type, hun ikke brød sig om.

Tårerne løb nu ned ad hendes kinder, så hun fik den serviet, jeg tilfældigt havde i min lomme, så hun kunne tørre dem bort.

Da hun havde siddet lidt og sundet sig, spurgte jeg: "Jamen, hvad er der sket mere?" Jeg fornemmede, at der måtte være en yderligere grund til, at hun sad hér på bænken og betroede sig til mig.

"Da jeg sagde til familien til aften, før vi skulle spise, at jeg ikke ville gifte mig med Hussein, blev min far voldelig og slog mig," sagde hun og viste mig en hævet underarm.

"Bedstemor Essaddia sagde, at jeg var skør i hovedet, når jeg ikke ville gifte mig med den prægtige mand, de havde fundet til mig og spyttede efter mig, da jeg blev smidt ud!"

"Har I et værelse, jeg kan låne?" fortsatte hun.

Jeg forklarede, at jeg var alene i Perstorp denne gang og undrede mig over, hvad folk og familie ville sige, når hun flyttede ind til mig, selvom jeg var en ældre mand.

Det betød ikke noget, erklærede hun, bare hun fik et sted at sove i de næste dage.

Efter at vi havde konstateret, at der ikke var nogen, der observerede os, blev enden på det hele, at hun traskede efter mig hjem i lejligheden, med den skadede arm hængende ned langs siden. Jeg kunne se, at hun havde smerter.

Hjemme i lejligheden fik hun soveværelset og jeg fortrak ind i gæsteværelset, der også fungerer som kontor, hobby og arbejdsrum.

Ude i køkkenet kiggede jeg på hendes forslåede arm. Jeg desinficerede såret på den, mens hun skar en gevaldig grimasse og igen fik tårer i de mandelformede store, mørkebrune øjne. Til sidst lagde jeg en forbinding og gav hende armen i en slynge, som jeg lavede af et gammelt, rent håndklæde.

Jeg var bange for, at den var brækket, men sagde ikke noget. Jeg havde en plan. Jeg ville den næste dag lige så stille foreslå hende, at vi lod lægen på vårdcentralen (lægehuset) tilse armen.

Hun havde ikke spist noget hele dagen på grund af Ramadanen og på grund af, at hun var blevet smidt ud, inden de skulle spise, så jeg måtte i gang med at snitte nogle løg, som jeg kom i den store gryde i sydende olie. Ovenpå lagde jeg kyllingelår og tilsatte salt, jeg bruger aldrig stærke krydderier, det lader jeg andre om. Derefter snød jeg og hældte blandingen, direkte hentet fra fryseren med frosne ærter og andre grøntsager, over kyllingelårene. Det næste jeg tilsatte i grove strimler, var gulerødder og kartofler, som jeg lagde pænt til rette i gryden ovenpå grøntsagerne. Åh ja, der skulle også lidt rosiner ud over det hele. Det har jeg lært af min kammerat Hassans kone, Naïma i Marokko.

Efter en lille time var den specielt fremstillede tagine klar og blev indtaget af Fatima med megen ros til følge.

Desserten til gengæld var ganske ordinær, det var jordbæris fra Coop, men den er absolut ikke at foragte.

Vi drak sukkerfri cola og min specielle citronte til hele traktementet.

Inden sengetid fik Fatima en af mine marokkanske gigtpiller, Mefsal, som jeg heldigvis kun behøver at tage en sjælden gang. Den tog de værste smerter i armen, så hun kunne lægge sig til at sove.

Da jeg lå i sengen i gæsteværelset, tænkte jeg på hendes far Mohamed.

Han var købmand i Perstorp med "en blandet landhandel," som vi sagde i gamle dage hjemme i Danmark.

Han solgte frugt og grønt, kolonial varer og lidt potter og pander og den slags.

Han havde også kontantkort til mobiltelefoner på repertoiret. Han solgte nye og "ladede" de eksisterende med ny taletid.

Jeg var ikke på bølgelængde med ham. Han kiggede hen over hovedet på mig, når jeg handlede med ham og talte ud i luften, når han svarede mig. Det virkede ubehageligt; men der var ingenting at gøre ved det.

Jeg havde stiftet bekendtskab med ham i hans forretning for nogen tid siden. Han var en midaldrende mand, med de få grå hår, han havde tilbage på hovedet, sirligt redt hen over den skaldede isse, han havde et lille smalt, sort overskæg og var kværulant.

Da jeg på et af de første besøg i forretningen overværede en telefonsamtale på arabisk, hvor jeg opfattede, at han talte med konen og tilmed forstod lidt af, hvad han råbte op om, hun skulle bestille hjem, sagde jeg til ham: "Nå, det er nok din kone, der er indkøbschefen!"

Det skulle jeg aldrig have gjort! Jeg kom i forhør om, hvorfor og hvordan jeg havde forstået, hvad han havde sagt til konen? Jeg fortsatte på svensk og fortalte, at jeg kun havde fattet lidt, da mit arabiske var meget begrænset og fortalte om mit tilhørsforhold til Marokko, hvor de i øvrigt ikke talte arabisk, selvom mange selv troede det. Marokkansk er et blandingssprog, så jeg læste lidt klassisk arabisk hver dag via internettet.

Han havde aldrig tilgivet mig, at jeg havde ytret mig om, hvad han havde sagt til konen og betragtede mig vel nærmest som en spion, så derfor den mærkelige opførsel med at kigge hen over hovedet på mig.

Da det stadig var Ramadan et par dage endnu, stod vi op, inden solen stod op og spiste et solidt morgenmåltid bestående af havregrød, spejlæg og resterne af taginen fra i går aftes. Der skulle spises for hele dagen! Jeg havde ikke speciel Ramadan mad, så hun måtte "nøjes" med dette, hvilket passede hende fint.

Jeg dristede mig til at lufte tanken om, at vi skulle gå på vårdcentralen, så snart den åbnede. Det var Fatimas fuldt ud indforstået med, bare vi ikke sagde, at det var hendes far, der havde slået hende. Men inden da, kunne vi lægge os et par timer, så det gjorde vi.

Da vi stod op, og jeg havde vasket mig lidt, mens Fatima baksede med sin skadede arm for til sidst at blive klar til vårdcentralen, iklædt lidt af min kone Jamilas tøj, som har fast plads i lejligheden, gik vi, de fem minutter der er, til vårdcentralen.

På vårdcentralen blev vi bebrejdet, at vi ikke havde booket en tid! Det er normal kutyme i Sverige, hvor der er en del skrankepaver.

Jeg forklarede endnu engang, at sagen var akut og frygtede, at armen formentlig var brækket. Det gav et slemt gib i Fatima, som stadig troede, at skrammerne var overfladiske, selvom hun inderst inde må have anet, at armen var brækket.

Da den unge dame i receptionen ikke ville tage stilling til vores anmodning om at få Fatimas arm tjekket og eventuelt behandlet akut, blev Mathilda tilkaldt. Hun er "en gammel klog kone," som straks så det nødvendige i, at Fatima fik en akut tid, så vi blev bænket og ventede en lille halv time, før vi kom ind til doktormanden.

Da han så armen og spurgte Fatima, hvad der var sket, fortalte hun ham, at hun var faldet. Bag hendes ryg blinkede han til mig, og jeg blinkede tilbage, mere kunne vi ikke gøre.

Han var rimelig sikker på, at armen var brækket. Men for en sikkerheds skyld bestilte han en akut tid på sygehuset i Hässleholm, tyve kilometer fra Perstorp. Fatimas arm skulle røntgenfotograferes, inden der blev gjort yderligere.

Så vi måtte gå hjem igen og starte Saaben for at sætte kurs mod Hässleholm.

På Hässleholm sygehus tjekkede vi ind i receptionen. Det er et prægtigt sygehus, hvor alt fungerer, med en fin orden i tingene. De var orienteret om vores ankomst, så vi skulle straks begive os til røntgenafdelingen for at få taget røntgen fotos af Fatimas arm. Fatima havde stærke smerter igen, min gigtpille virkede ikke længere, så der var tårer i hendes smukke, mandelformede øjne.

Straks efter, at hun var blevet røntgenfotograferet, blev hun kaldt ind til en læge. Da hun insisterede på, at jeg skulle med, måtte jeg med endnu engang.

Armen var brækket på to steder og skulle lægges i gips, så da vi kørte hjem til Perstorp sidst på eftermiddagen, havde Fatima armen i gips og fået receptbelagte, smertestillende tabletter med sig.

Nu kunne vi tage den med ro og overveje situationen, så vi slappede af de næste par dage, mens jeg købte ind og lavede maden. Fatima slikkede sine sår, og Ramadanen randt ud.

Vi snakkede en del om hende og hendes familie i de dage. Hun fortalte, at de havde boet i et stort fælleshus i Irak, der tilhørte bedsteforældrene.

Både hendes far, mor, søskende, hende, hendes farbror, tante og deres børn havde alle boet dér.

Det gik godt i mange år. Men en dag var uroligheder og krig blevet hverdagskost. Livet var blevet svært, hendes families indtægter var faldet markant, og hendes far havde måttet afskedige de tre medarbejdere, han havde i sin tøjforretning.

Én dag gik det gruelig galt, hendes bedstefar, farbror, tante og deres børn var hjemme i huset, da en bombe ramte det, så det prægtige hus faldt fuldstændig sammen over deres familiemedlemmer.

Fatima, hendes forældre, søskende og bedstemor havde været på et marked for at se om de kunne opdrive noget spiseligt, da de pludselig på vej tilbage hørte bomber sprænge og larmen fra flyvemaskiner.

Da de hørte et kæmpe stort brag tæt ved, anede de uråd og ilede hjem for at se, at deres prægtige hus lå i ruiner. Det var jævnet med jorden!

Senere fandt de tre af deres pårørende under ruinerne, de var døde på stedet.

Fatima og den tilbageblevne familie flyttede ind til noget familie til Fatimas mor Sahra og boede et stykke tid dér under vanskelige forhold, men det gik, indtil bedstemor blev kaldt til forhør.

Bedstemor var, selvom hun bar og stadig bærer tørklæde, gammel kristen (koptisk kirke), ligesom bedstefar også havde været det. Mor Sahra havde som barn også været gammel kristen, men var, da hun blev gift med Mohamed, blevet muslim. Trods deres religiøse forskelle havde de alle levet sammen i fred og harmoni.

Men nu var bedstemor altså blevet kaldt til forhør.

Hun kom grædende tilbage til dem efter et par dage og var blevet mishandlet under forhørene.

Den efterfølgende nat begav Mohamed, Sahra, deres børn og bedstemor sig af sted mod den tyrkiske grænse i ly af mørket. Den første lange del i Irak var i bil, da benzinen slap op, var det til fods.

De havde kun det fornødne med, samt de værdier, far Mohamed altid havde båret på sig siden krigens og urolighedernes begyndelse; for en sikkerheds skyld.

De var kommet ind i Tyrkiet på en blanding af bestikkelse og barmhjertighed og havde opholdt sig et halvt år i Tyrkiet, inden det lykkedes for dem at komme til Sverige.

Efter en internering på tre måneder, i et gammelt nedslidt sygehus i den lille svenske by, Broby, hvor de lærte om svenske forhold og lærte at tale svensk, var de nået til Perstorp, hvor hendes far Mohamed konstaterede, at det ikke ville være lønsomt med en tøjforretning, så det blev i stedet den blandede købmandshandel. De fortsatte med det svenske sprogkursus i Perstorp.

"Du har sikkert ingen anelse om, hvordan det er at være flygtning i et fremmed land?" spurgte Fatima, da hun var færdig med beretningen.

Den måtte jeg tygge lidt på, før jeg svarede hende: "Min kone, Jamila og jeg kom til Marokko den 29/2 2020, samtidig med at coronapandemien brød ud i lys lue.

Den danske udenrigsminister holdt en tale og bad alle om at komme hjem. Så efter at have tænkt mig om et par dage og snakket med Jamila, sendte jeg en forespørgsel til de danske "coronamyndigheder" og fik svaret, at selvom jeg var dansk statsborger, kunne jeg/vi ikke komme til Danmark, da vi ikke havde bopæl i Danmark! Basta!!!

Jeg glemmer aldrig det svar, jeg følte mig som et tredjerangsdansker. Nogle måneder senere, da jeg klagede mundtligt, fik jeg det svar, at vi bare kunne være kommet, så var vi nok blevet lukket ind alligevel. Det svar kunne jeg ikke rigtig bruge til noget!

Da vi fik afslaget fra Danmark, henvendte jeg mig til Sverige. Her fik vi et meget pænere svar. De fortalte, at alle sygehuse var mere end fyldte og sundhedsvæsenet var overbelastet. Den lægehjælp vi ville kunne få, hvis vi blev syge, var yderst sparsom, så hvis vi havde mulighed for at blive, hvor vi var, anbefalede de, at vi blev.

De evakuerings fly, vi kunne få billetter til fra Marokko til Norden, var i øvrigt tilmed cirka 50 gange dyrere, end hvad vi plejede at betale.

Vi skønnede derfor, at vi både på grund af svarene, vi havde fået fra de danske og svenske myndigheder samt de aktuelle flypriser, ikke havde anden mulighed end at blive i Marokko indtil videre.

Det var svært! I begyndelsen tænkte vi hver morgen, når vi vågnede: "I dag er dagen, hvor vi kan komme hjem!" Men vores illusion brast, efterhånden som dagen gik på hæld.

Da vi blev bevidste om, at vi var "fanget i Marokko," slog vi os til tåls med det og accepterede situationen som en nødsituation og holdt op med at håbe på at komme hjem. Vi var jo ikke de eneste, der har blevet efterladt i denne verden, så vi måtte få det bedste ud af det.

Det viste sig, at opholdet blev et rigtig godt kursus i meget mere end overlevelse. Det blev tilmed et kursus, som bidrog til en meget større forståelse for Marokko og marokkansk levevis og kultur samt forståelse for og kontakt til de marokkanske myndigheder. Under coronakrisen i Marokko oplevede jeg, at blive behandlet lige så godt, som hvis jeg havde været marokkaner. Jeg blev på grund af min alder vaccineret som en af de første, endda lang tid før man begyndte at vaccinere i Danmark og Sverige. Mit ophold blev også forlænget uden nogen form for problemer, så jeg kunne have sparet mig mine bekymringer.

Jeg må også prise min bankkonto, med tilhørende Visakort, hos Norwegian bank, som ikke anvender gebyr. Vi overlevede økonomisk på grund af den.

Da jeg endelig blev sluppet fri, passede det med, at jeg skulle hjem til min brors og svigerindes guldbryllup, så jeg købte en flybillet hjem gennem et bureau, der lovede "guld og grønne skove!" Prisen var godt nok lidt pebret, men jeg ville gerne deltage i deres guldbryllup. Jeg betalte med mit Visa kort uden problemer.

Lige inden jeg skulle af sted, blev flyafgangen aflyst. Men bare rolig, hvis jeg betalte et par tusser mere, var jeg sikret en anden afgang! Jeg indså efter lidt studier på internettet, at hele miseren var svindel og kastede ikke flere "gode penge efter de dårlige."

Selvom jeg har været fristet til at nævne rejsebureauets navn, har jeg opgivet det på anbefaling af min advokat. Men min mistanke blev yderligere bekræftet, da jeg kom til at tale med en stewardesse fra et af de store flyselskaber. Jeg var ikke den eneste, der var blevet "taget ved næsen" på den måde! Hun fortalte om, hvordan det pågældende bureau systematisk havde scoret kassen og udnyttet corona-situationen.

Nå! Det gik ikke at fortælle mere om mig selv og min "flygtninge-situation." Fatima sad i lænestolen og sov.

Hun påstod den næste dag, at hun havde hørt det hele og forstod min følelse for, hvordan det var at blive "lukket ude fra Danmark," selvom det ikke helt svarede til hendes følelse af at være flygtning i et fremmed land.

Hun fortalte, at hun havde, hvad der svarer til en dansk studentereksamen, og i Irak var begyndt at læse arkitektur. Det studium havde hun måtte droppe for i stedet være realistisk og uddanne sig i Sverige til det, hun formåede med sit svenske sprog og sin boglige baggrund fra Irak. Så apoteksteknikeruddannelsen passede hende rigtig godt, både hvad udfordring og løn angik.

Hun smed ovenikøbet tørklædet, når vi var sammen i lejligheden, så jeg kunne se hendes skønne, krusede, gnistrende, sorte hår. Vi var jo i en slags familie.

Vi snakkede om magt og meget i de dage. Fatima vidste en del om religion. Selvom hun var muslim, kendte hun kristendommen udmærket på grund af bedstemor Essaddia, der, som før skrevet, tilhørte de gammelkristne (den koptiske kirke). Jeg vidste også en del om religion, da jeg læste religionshistorie, altså rent privat, lige fra jeg var 14 år.

Fatima fortalte om og citerede arabisk poesi, som jeg desværre ikke forstod noget af, selvom det lød smukt.

Jeg kvitterede med nogle af mine tidlige børnevers, jeg havde skrevet for lang tid siden:

Moster Esthers kage

Der er ikke så meget at gøre,
uden at spørge

om forlov
uden at blive flov.

Den lille kage dér,
har jeg så hjertenskær.

Den ville smage godt i min mund.
Jeg tror endda, at den er sund.

"Sikke dog du kigger på den kage,
vil du ikke den smage?"

"Jo tak moster Esther,
men jeg troede, den var til gæster."

"Nej den er bagt til dig du kære,
Du skal bare den fortære!

Moden.

Der var et år, hvor kjolerne var gule.
Så blev de længere en smule.

Og sådan går det altid med den mode.
Den skifter om, som var den blot en node,

i en stor og vældig symfoni,
som altid er og aldrig bliver forbi!

Jeg kunne ikke dy mig, jeg læste også mit allersidste vers fra en bog jeg
skrev på:

Soufiane troede han fik det sidste ord;
men han forstod slet ikke spor,

for jeg lavede en side mere,
så der blev plads til formaninger flere.
Jeg lavede en dyster opsang til alle,
som vil fredselskere sig kalde.

Skal nogle få tyranners rus,
skyde vor verden i grus?

Tag udfordringen op!
Og sig stop!!!

Til vold og kri',
som vi ikke kan li'!

Hvis vi ikke protesterer alle mand,
alt det vi kan!

Lægger vi jorden øde,
for så er vi alle døde.

Fatima blev meget berørt, da jeg læste dette vers, det var næsten for meget for hendes følsomme sind.

Jeg begrænsede mig med mine vers, for ikke at trætte Fatima. Jeg var godt klar over, at de overhovedet ikke stod mål med hendes flotte arabiske poesi.

Måske, det var for at provokere hende lidt, at jeg spurgte: "Hvad har Kristendommen og Islam til fælles?"

Hun kiggede på mig et øjeblik og tog udfordringen op, hvilket jeg ikke havde ventet, hvorefter hun svarede: "Fundamentalt troen på den samme Gud, Abrahams Gud!

Det Bedstemor Essaddia fortæller fra Det Gamle Testamente, kan du også læse i Koranen.

Men ved du, hvad forskellen på Jesus er i kristendommen og islam?" sluttede hun af.

Jeg svarede: "Ja, det ved jeg godt! I kristendommen er Jesus Guds søn, Frelseren. I islam er Jesus en af de 5 store profeter. Han er kærlighedens profet!"

"Bravo!" udbrød Fatima!

"Bedstemor siger altid, når hun beder, at hun beder til den samme Gud som jeg, vi gør det bare lidt forskelligt. Selvom hun spyttede efter mig, er hun en vis, gammel kvinde."

Jeg kendte lidt til de koptisk, kristne fra nogle besøg i Egypten i en by på Afrikasiden ud mod Rødehavet, hvor alle var koptisk kristne. Jeg havde snorkeldykket der flere gange.

Den ene gang, var jeg der i Ramadanen og snakkede med flere i byen, som gav tilkende, at de levede i fred og fordragelighed med muslimerne i de nærliggende byer. Der var oven i købet en restauratør, der fortalte mig, at han var i gang med at tilberede en Ramadanmiddag til et selskab, der ville komme efter solnedgangen.

Vi talte også om alkoholen. Fatima vidste godt, at jeg havde valgt livet frem for alkoholen for snart en del år siden.

Hun begreb ikke, hvorfor alkohol var tys, tys i det meste af verden. Hun havde tal på, hvad alkoholen kostede det offentlige, både i Danmark og i Sverige, om året. Det var svimlende beløb! Hvorfor fortalte lægerne ikke befolkningen direkte, hvordan og hvorfor de blev syge af alkohol? Hvorfor denne alkoholkultur? Hvorfor var folk ikke realistiske? Der gjaldt for den sags skyld også tobakken!

Hun havde et godt forslag! Læg brug/misbrug af alkohol og tobak ind i skolernes undervisning som et fag. Jeg synes, at hendes forslag fortjener at blive hørt.

"Pål!" "Yes Fatim!" Når hun kalder mig for Pål, som mange siger i Sverige, kalder jeg hende for Fatim, som vi siger i Marokko.

"Du fortalte engang på biblioteket, at den allerførste bog, du skrev, aldrig blev udgivet. Hvorfor?"

"Jeg skrev en bog, der skulle hedde: "Det parallelle univers." Jeg og fire mere havnede på mystisk vis i et univers på en jord mage til vores bortset fra, at man teknisk og medmenneskeligt var nået meget længere, både med fælles transport og egen transport og med TV fladskærme og stor omsorg for det enkelte menneske i samfundet.

Dengang jeg skrev bogen, var der ingen elektriske biler eller fladskærme eller meget af det andet, som allerede fandtes i den parallelle verden.

Jeg var lang tid om at skrive bogen, for lang tid, så inden jeg var færdig, var fladskærme og elektriske biler og meget mere blevet hverdag. Jeg var blevet overhalet indenom. Jeg blev så sur, at jeg slettede filen, jeg havde skrevet på.

Omsorgen for individet blev dog aldrig overhalet, måske tværtimod!"

Hun, Fatim forstod præcis hvad jeg mente, jeg behøvede ikke at forklare mere. De store mandelformede, brune øjne udtrykte dyb medfølelse.

Så spurgte hun pludselig: "Pål, hvad mener du om Rasmus Paludan og hans koran-afbrændinger?"

Jeg svarede prompte, at jeg mente, at det var dybt forkasteligt og en misforståelse af ytringsfriheden, at han afbrændte koranen i ytringsfrihedens navn. "Det er ikke ytringsfrihed, når man pisser på hinandens livsværdier!"

"Vi skal tværtimod prøve på at forstå hinanden og arbejde på at skabe et globalt sammenhold i medmenneskelighedens ånd. Vi skal forstå at løfte i samlet flok. Vi skal tænke anderledes og betragte vores medmennesker uden fjendtlighed som ligestillede individer!" fik jeg tilføjet.

Jeg fortalte følgende om et lille forsøg, jeg havde lavet på opfordring af en af mine venner. Jeg spurgte på Facebook, hvad den danske befolkning ville sige til, at man afbrændte Danmarks Riges grundlov foran regeringens bygning, Christiansborg?

Der var ikke særligt mange, der umiddelbart reagerede, og en enkelt skrev, at der ikke var nogen, som ville tage det anstødeligt.

Men 2 dage efter at jeg havde lavet opslaget, var mit indlæg SLETTET!!! Det giver stof til eftertanke!

Vi snakkede sådan om alt flere aftener i træk, uden at vi blev trætte, så fjernsynet var "i mølpose."

Jeg havde besluttet for lang tid siden, mens vi stadig snakkede på biblioteket, at jeg ikke ville snakke om Saddam Hussein, så jeg snakkede heller ikke om Saddam Hussein, nu vi var i lejligheden.

Men så let skulle det ikke gå; for pludselig en sen aftenstund fik jeg et direkte spørgsmål fra Fatima: "Pål, hvad mener du om Saddam Hussein og krigen imod ham?"

Jeg var ikke forberedt på spørgsmålet, så jeg hakkede lidt i det: "Ja, jo, Fatima. Dengang krigen mod Saddam Hussein og hans styre var i gang, var min mening farvet af dagspressen, fjernsyn og radio, som, jeg nu kan se, var farvet af amerikanske medier.

Der gik mange år, før jeg ved en tilfældig samtale fik en anden opfattelse af krigen.

Som jeg fortalte for et par aftener siden, havnede vi i Marokko under coronakrisen.

Da Jamila og jeg skulle af sted fra Kastrup lufthavn og sad og ventede på flyet til Agadir, kom jeg pludselig i snak med en elskværdig, ældre, arabisk udseende mand, der talte norsk.

Han lagde ikke skjul på, at han havde været officer i Saddam Husseins hær. Han havde nu bopæl i Norge og en fritidslejlighed syd for Agadir.

Vi begyndte at snakke om vores besiddelser, hans lejlighed syd for

Agadir og vores hus nord for Agadir. Han var interesseret i, hvor meget det havde kostet at bygge vores hus på 130 kvadratmeter i 3 plan? Da jeg nævnte prisen og samtidig fortalte, at vi selv havde lavet entrepriser med håndværkerne, blev han helt bleg. Han havde givet mere end det dobbelte for en mindre lejlighed. Jeg måtte trøste ham og fortælle, at verden er skruet sammen på den måde, hvis man overlader alt til andre, kommer man til at betale for det.

Da han var kommet sig over chokket, spurgte jeg forsigtigt til Saddam Hussein, hans styre og krigen.

Det første, han fortalte om, var personen Saddam Hussein. Han beskrev ham som en flink og venlig mand, som han godt kunne lide og havde sat stor pris på. "Du må huske på," sagde han til mig på klingende norsk, "at du ikke kan sammenligne en regent i vores del af verden med en regent i den arabiske verden og slet ikke dengang i Irak, hvor Irak ikke var klar til demokrati, så Saddam Hussein var nødt til at styre landet, ligesom kong Salomon styrede det forhistoriske Israel.

Men amerikanerne kunne ikke lide ham og slet ikke deres præsident George W. Bush, som direkte hadede ham, sikkert på grund af de ulykkelige terrorhandlinger den 11. september 2001, som Saddam Hussein i virkeligheden ikke havde noget med at gøre med, ligesom han heller ikke husede terrorister.

Det var rigtigt at vi eksperimenterede med meget store langtrækkende kanoner, men de påståede atomvåben har vi aldrig haft!!! Det blev verden også klar over, inden krigen var slut!

Det var i øvrigt en kæmpe fejltagelse at besejre Saddam Hussein, som holdt stabiliteten i området. Du kan bare se, hvad der skete efterfølgende, Al Qaeda og Islamisk Stat med Kalifatet med uro og terror, hvor civilbefolkningen sad som en lus mellem to negle.

Det er en fejl, at tro, at man kan indføre demokrati, hvor det skal være i verden. Befolkningen skal være rede til det."

Vi blev kaldt til boarding af flyet og fik ikke drøftet mere. Jeg så ham kun i flyet og i Agadir lufthavn og har aldrig set ham siden.

"Hvad så nu Pål? Mener du det samme som ham?" spurgte Fatima.

Jeg måtte erkende, at jeg delte hans mening, at det havde været et overgreb på Irak, som jeg i øvrigt også havde konstateret, at FN aldrig havde givet sin accept til.

Efter at Fatima havde tænkt sig om en rum tid, måtte hun erkende, at hun var enig med mig og den norske, irakiske officer.

Jeg fortalte Fatima, at jeg på mine gamle dage, så det som min fornemmeste opgave, at bygge bro mellem alle mennesker gennem gensidig forståelse og tillid.

Jeg har valgt at tro, at langt de fleste mennesker har en positiv indstilling til livet og deres medmennesker, bare de bliver godt og anstændigt behandlet.

Selvom dem, der er negative og fjendske, er i fåtal, får de desværre ofte for meget at skulle have sagt. Det er et problem, som er svært at tackle, da det er en del af menneskets natur, at det som et "flokdyr" ukritisk søger en leder.

Jeg ved, at det ikke er meget, jeg kan udrette ene mand. Men jeg forsøger alligevel hver dag at bygge videre på broen mellem mennesker og påvirke mine medmennesker gennem samtaler, og gennem mine skriverier på internettet, Facebook og mine bøger.

Anklage, frifindelse og nye overtrædelser

Nogle dage senere blev idyllen brudt. Da det bankede hårdt på lejlighedens dør! Hvem var det, der var kommet ind ad døren til trappeopgangen, uden at jeg havde åbnet den?

Det var politiet!

Jeg så i dørkikkerten to velvoksne betjente med deres skråhuer stå udenfor. Hvad ville de? Det skulle jeg/vi snart få at vide.

Jeg blev konfronteret med en anklage. Jeg havde kidnappet, bortført og gemt Fatima i min lejlighed! Den ene betjent holdt papiret op foran mit ansigt, så jeg overhovedet ikke kunne se, hvad der stod, da jeg er langsynet.

Fatima havde hørt alt den tumult der var, så kom hun til syne og fortalte hurtigt de to betjente hele sandheden. De så måbende på hinanden og hviskede noget sammen.

Enden på det blev, at både Fatima og jeg blev taget med på politistationen i Hässleholm, hvor vi endnu engang måtte afgive en forklaring overfor en ældre politiassistent med et stort gråt hår og store hornbriller bag de svensk-blå øjne. Han var lettere duknakket, hvilket passede godt, da han for det meste kiggede ned på sine papirer. Da han spurgte, hvad der var sket med Fatimas arm, og hun sagde, at hun var faldet, accepterede han ikke svaret. Han ville have sandheden, som han fik langt om længe af en tøvende Fatima.

Hun blev direkte spurgt om, hun ville anmelde sin far for vold med den brækkede arm til følge, men det kunne hun ikke klare, hun ville ikke anmelde sin egen familie eller far.

Politiassistenten havde i første omgang troet, at jeg ikke havde reelle hensigter med Fatima, men efterhånden som samtalen/forhøret skred frem, blev han mere og mere klar over, hvordan det hang sammen, så da jeg sagde til ham: "Havde du måske ladet Fatima, blive siddende, forslået, overladt til sig selv, på bænken uden, at gøre noget?!" Svarede han: "Nej og slet ikke med den far, der kunne have overfaldet hende én gang mere!"

Da vi blev spurgt, om vi behøvede yderligere hjælp, kiggede vi på hinanden og blev enige om, at vi i første omgang ville se, om vi ikke kunne klare situationen selv. Vi var til enhver tid velkomne til at kontakte politiet dag som nat, hvis der skulle opstå problemer.

Politiet ville besøge hendes far den næste dag og give ham et tilhold. Han måtte ikke opsøge Fatima i min lejlighed, og ej heller antaste hende, hvis han mødte hende på gaden eller på biblioteket.

Inden vi standsmæssigt blev kørt til lejligheden i Perstorp af politiet først på aftenen, havde vi fået et direkte telefonnummer til politiet ifald, det skulle blive nødvendigt med deres assistance.

Anklagen mod mig om kidnapning og bortførelse af Fatima var faldet til jorden med et brag. Det var en sejr over Mohamed, Fatimas far, selvom vi nu godt vidste, at han ville forsøge sig på en anden måde.

Næste dag, da jeg sad på biblioteket og brugte deres computer, kom Rachid ind med en plastiksæk slæbende efter sig. Jeg kendte ham godt, det var Fatimas lillebror, en mild, ung mand først i tyverne. Han lignede Fatima en del, så han var særdeles flot med et behageligt sind, som hende.

Han sagde straks til mig: "Pål! Hvordan går det med Fatima?!" Jeg svarede, at det efter omstændighederne gik godt, hun var hjemme i lejligheden lige nu, men havde tænkt sig at begynde på skolen i Hässleholm i morgen. Hun havde en brækket arm, men var ellers frisk og sund jævnfør lægens udsagn.

Fatima gik på Yrkeshögskolan i Hässleholm, hvor hun, som allerede fortalt, uddannede sig til apotekstekniker. Hun kørte normalt frem og tilbage hver dag med vores lokaltog, Pågatåget, det tog bare 17 minutter hver vej.

Straks da jeg fortalte Rachid om det, begyndte han hviskende at forklare, at hans far og Hussein havde tænkt sig at bortføre hende, når hun gik fra stationen til skolen, hvor hun studerede, så hvis vi kunne finde en anden løsning, ville det være fint.

Han turde ikke gå med op i lejligheden for at hilse på storesøster Fatima af frygt for, at nogle skulle rapportere det til deres far, men gav mig sækken og forklarede, at det var tøj og de fornødenheder Fatima behøvede. Jeg skulle hilse hans kære søster mange gange. Nu fik også jeg tårer i øjnene.

Jeg tog sækken med ud fra biblioteket og tjekkede en ekstra gang, at jeg ikke var under observation, inden jeg tog den på nakken og begav mig ad kælderen ind i opgangen og videre op mod lejligheden på 1.sal.

Men jeg nåede ikke helt op, for jeg mødte underboen, den nysgerrige fru Svensson uden for hendes dør, hvor hun stod parat, for at forhøre mig.

"Nå, du har nok vasket i kælderen i dag," sagde hun, da jeg kom med sækken fra bagindgangen. Jeg gryntede bare lidt og nikkede. Men så let skulle det ikke gå. "Jeg synes din kone Jamila har forandret sig." fik hun indskudt. Jeg måtte tænke hurtigt og svarede: "Det er nu ikke Jamila, det er hendes søster Habiba, jeg har med denne gang." "Jamen, hvorfor er det Habiba du har med og ikke Jamila?" spurgte hun. Jeg måtte igen i stor hast finde på en løgnehistorie mere og fortsatte: "Habiba har fået et job som servitrice i det store pizzeria i Tyringe (nabobyen til Perstorp) "Jamen det kan hun da ikke klare." fastslog fru Svensson. "Hvorfor dog ikke?" fik jeg tilføjet. "Det går da ikke med den brækkede arm, hun har!" sagde madammen, mens hun kiggede underfundigt på mig. Der fik hun mig næsten; men endnu engang var jeg hurtigt på aftrækkeren og sagde næsten sandheden: "Hun skulle ned med skraldet for et par aftener siden og blev overfaldet af en rocker, som slog hende så hårdt over armen, at den brækkede hele to steder. Du har sikkert også set, fru Svensson, at politiet har været her, og at vi har været med dem for at aflægge rapport i Hässleholm, så du skal nok tænke dig lidt om, næste gang du går ned med dit affald. Det skal i hvert fald ikke være efter mørkets frembrud; de har nemlig ikke fundet gerningsmanden endnu. "Tak for tipset Jørgensen." sluttede hun måbende af. Nu var der ro i lejren.

Resten af turen op til min lejlighed gik problemløst, så jeg kom op i lejligheden og ind til Fatima, som var glad for tingene. Der var hvad hun behøvede i sækken, hendes tøj, kosmetik, sko, tandbørste og så videre, så når hun kunne vaske i den lille vaskemaskine i badeværelset, var det minimalt, hvor meget hun behøvede at bevæge sig udenfor lejligheden. Hun kunne dermed minimere risikoen for at blive antastet af sin far eller hendes forsmåede bejler Hussein eller for den sags skyld af fru Svensson.

Da jeg fortalte hende, at hendes far havde planlagt, at han ville bortføre hende udenfor togstationen i Hässleholm, blev de store, mandelformede øjne endnu engang tårefyldte.

Vi snakkede længe om, hvad vi skulle gøre og fandt den umiddelbare løsning, at jeg indtil videre bragte hende til skolens dør og hentede hende igen, når lektionerne var forbi, så Saaben kom på overarbejde i de kommende dage, men tilsyneladende gik alt fint, der var ingen, der forsøgte at gøre os noget ondt, og vi registrerede heller ikke nogen, der lurede på os, selvom fru Svensson sikkert har brugt dørkikkerten flittigt.

Vi begyndte at føle og tro på, at faren var drevet over, men det er farligt at tro sådan. Det er farligt at blive overmodig!

Vi skulle snart erkende, at virkeligheden var en anden, for efter fjorten dage, hvor alt forløb vel, bankede det igen en sen aftenstund på lejlighedens, stærke hoveddør. Der var igen nogen, der havde passeret døren i trappeopgangen uden at melde sig! Hvem kunne det være denne gang? Sikkert ikke politiet, som sidst.

Jeg tyssede på Fatima, som stak hovedet ud fra soveværelset, hun havde hørt, at nogen bankede på døren.. Jeg listede derefter lige så stille hen til døren kiggede igen gennem dørkikkerten og anede uråd, for der blev holdt noget for linsen, så man ingenting kunne se.

Meget, meget stille gik jeg ud på toilettet med min mobiltelefon i hånden og lukkede døren, så ingen kunne høre mig.

Ude på toilettet trykkede jeg det specielle telefonnummer til politiet, vi havde fået, og kom straks i kontakt med en mandsperson, som jeg hurtigt fik forklaret situationen.

"Vi kommer med det samme!" udbrød han i den anden ende. "Vi har præcis en patruljevogn i nærheden på grund af skyderi i nærheden af Perstorp!"

Efter nøjagtig 5 minutter, blev der banket på døren igen. Der var ingen tvivl om, at det var politiet, så jeg åbnede den lidt for at være helt sikker, for derefter at åbne den helt.

Udenfor stod de to selvsamme betjente fra forrige gang med Mohamed og Hussein i håndjern. De var taget på fersk gerning; de skulle en tur med i brummen. Mohamed havde vist glemt sit tilhold?

Der blev selvfølgelig en del polemik den næste dag inde hos politiet i Hässleholm, hvor politiet igen skrev en rapport og for en sikkerheds skyld spurgte os, om vi ville anmelde det denne gang?

Fatima var godt gal i hovedet og ville så sandelig anmelde det denne gang. Det kunne ikke blive ved på denne måde med hendes dumme far og sindssyge bejler, så de blev anmeldt.

Da det stadig var aften, før midnat, havde jeg ventet, at vi var blevet modtaget af fru Svensson på trappeopgangen, men der var ingen fru Svensson. Jeg havde vist kyst hende tilstrækkeligt sidste gang, vi snakkede.

Jeg tror nu ikke, at Mohamed og Hussein fik lov til at sidde i fængslet særlig længe; for i Sverige er man næsten for humane. Så da de lovede bod og bedring efter et par dage, blev de lukket ud med en formaning om at opføre sig ordentligt denne gang og overholde tilholdet.

Hverken Fatima eller jeg fik besked om, at de var på fri fod igen, hvilket ellers ville have været nok så smart.

Fatima skifter skjulested

Fatima fik hurtigt en SMS fra Rachid, som fortalte, at både hendes far Mohamed og hendes forsmåede bejler Hussein var kommet på fri fod mod at love bod og bedring.

Vi diskuterede længe frem og tilbage og vendte mange forskellige forslag, både fra Fatima og fra mig; men der var ikke rigtig nogle, vi fandt gode nok.

Da jeg senere lå i min seng og tænkte det hele igennem, kom jeg pludselig til at tænke på Niels og hans sambo Betzy, der har et hestestutteri i Norre Sandby, hvor jeg tidligere har boet.

De mangler altid arbejdskraft, så måske de kunne bruge Fatima på trods af, at hun havde den ene arm i gips. Hvad ville hun sige til at arbejde med heste et stykke tid? Hun kunne sikkert lave en aftale med dem på skolen i Hässleholm, så hun stoppede for en stund.

Jeg ville vente til den næste dag med at spørge Fatima, hvad hun mente om forslaget?

Så mens vi spiste morgenmaden den næste morgen, forelagde jeg forslaget for Fatima, der lyste op som en sol, da hun hørte det.

Det med heste var ikke fjernt for Fatima. Hun havde haft en hest i Irak, inden de var flygtet, så det ville hun rigtig gerne være med til. Hun havde deltaget i konkurrencer og var, hvis hun selv skulle sige det i al beskedenhed, en god rytter, som havde vundet mange præmier.

Resultatet blev, at jeg kontaktede Niels og Betzy på Messenger. Jeg satte dem ind i hele situationen og spurgte, om de kunne bruge Fatima et stykke tid, så hun samtidig "blev gemt af vejen."

De syntes, at vi skulle komme over til dem, så vi kunne snakke om det, så vi startede Saaben om eftermiddagen og kørte de små fyrre kilometer til Norra Sandby.

Det er Betzy, der er hesteeksperten og driver stutteriet. Niels hjælper til, når han ikke er på arbejde andetsteds.

Da Betzy, en mørklødet, køn og intelligent kvinde først i tyverne, med kruset hår og et dejligt smil, mødte Fatima, havde de så meget til fælles, at de helt glemte at snakke med Niels og mig. Men det gjorde nu ikke så meget, for vi havde ikke snakket sammen længe, der var en del der "skulle vendes!"

Niels er en intelligent, skarp mand også først i tyverne med humor, selvom den ofte er gemt væk.

Så da han hørte historien om Fatima, hendes bejler og uberegnelige far, kunne han ikke lade være med at trække på smilebåndet. Han mente sagtens, at de "kunne gemme" Fatima i nogle uger dér.

Fatima og Betzy var allerede i den "syvende himmel," hvad deres hestesnak angik, så det var næsten en selvfølge, at Fatima skulle have værelset over stalden.

Allerede den næste dag forklarede vi forstanderen på Fatimas skole i Hässleholm om problemerne med Fatima, hendes far og forsmåede bejler. Vi spurgte derefter, om der var mulighed for, at Fatima kunne få orlov, indtil tingene var faldet på plads?

Forstanderen, der selv havde en anden etnisk baggrund end den svenske, forstod hurtigt, hvad det drejede sig om, så resultatet blev, at Fatima kunne få udsættelse med skolegangen indtil videre. De skulle nok få hende ind i systemet, når hun var klar igen.

Derefter fortsatte vi i Saaben til Norra Sandby, hvor Fatima blev indlogeret i værelset over stalden med udsigt over folden, hvor hestene løb rundt.

Vi fik båret de ting og tøj op, som Fatima havde haft i sækken, og vi fik stillet et par ekstra skabe op, som vi havde købt i Jysk (Jysk Sengetøjslager) på vejen til Norra Sandby. Der mangler altid skabsplads, lige meget hvor man befinder sig.

Fatima takkede mig mange gange for, hvad jeg havde gjort for hende, mens hun kiggede smilende på mig med de store, mørkebrune, mandelformede øjne.

Hun ville ikke give slip på mig, da jeg skulle af sted. Jeg skulle blive og passe på hende.

Men jeg skulle tilbage til Perstorp og leve mit liv dér, så enden på det blev, at jeg lovede at komme og besøge hende efter en uges tid.

Jeg nåede dog aldrig at komme og besøge hende, som jeg havde lovet ugen efter, for der hændte noget ganske uforudset. Og dog, måske det alligevel ikke var så uforudset endda, hvis jeg havde tænkt lidt mere og tænkt mig bedre om. Men det gjorde jeg ikke.

Hold-up

Både i Perstorp i Sverige og i Hay Assersif i Marokko, har jeg mine ritualer, jeg går de samme ture hver dag. Det er primært på grund af min lille berber læge, doktor Bembani, som siger til mig: "Marcher, marcher et marcher!" Det er fransk og betyder: "Gå, gå og gå!" Det er den bedste medicin for mit helbred, påstår han, og jeg er sikker på, at han har ret! Jeg føler et skønt velvære, hver gang jeg kommer hjem efter en tur.

Han påstår, at jeg sparer mange dirham (møntfoden i Marokko) til medicin ved at motionere dagligt.

Da han spurgte mig sidste gang, hvordan det gik, svarede jeg, at det gik rigtig godt, jeg motionerede hver dag og var nærmest tvunget til det på grund af, at jeg ingen bil havde i Marokko. Da han hørte min forklaring, lyste han helt op og bad mig om aldrig at anskaffe en bil. Det havde jeg nu heller ikke tænkt mig, eftersom der er masser af "sorte, kollektive taxaer," kaldet aktaf, som kører de fem kilometer fra min bopæl i Hay Assersif og ned til Aourir ved Atlanterhavet for 2,10 DKK og retur for samme pris.

I Marokko går jeg minimum 3 kilometer hver dag, ad en rimelig bestemt rute. I Perstorp går jeg ikke så langt, jeg ved egentlig ikke, hvor stor strækningen er, men jeg går fra min lejlighed ned forbi en å og ud til en stor vej, hvor jeg drejer til venstre og går gennem en park op til ICA supermarkedet, langs en vej forbi Mohameds købmandshandel og ender på biblioteket, hvor jeg læser nyhederne på internettet og laver forskellige nødvendige ting på deres computer.

Jeg går rimelig præcist hjemmefra, hver dag klokken 10:30, både i Marokko og i Sverige, så jeg passerer de samme steder indenfor et tidsinterval på fem minutter.

Det havde Mohamed åbenbart bemærket, for da jeg kort efter at have afleveret Fatima i Norra Sandby, passerede hans købmandshandel et par dage efter, kom han på den ene side af mig, og slynglen Hussein kom på den anden side af mig. Begge greb fat i hver af mine arme og trak mig ind i den mennesketomme forretning, hvor jeg blev ført ind i et baglokale, der kun havde et lille vindue med ovenlys.

Jeg blev sat på en stol og udspurgt intenst om, hvor Fatima befandt sig? Da jeg ikke umiddelbart svarede dem, men forholdt mig tavs, strammede de jerngrebet, de holdt mig i, mens de fortsatte med at fortælle mig om alle de ubehagelige ting jeg ville blive udsat for, hvis jeg ikke fortalte dem, hvor de kunne finde Fatima?

Da jeg ikke var særlig snakkesalig, kiggede de på hinanden og sagde noget på arabisk, meget hurtigt til hinanden, som jeg ikke forstod noget af. Enden på det hele blev, at de bandt mig til stolen med tøjsnore, så jeg ikke havde mulighed for at flygte.

Jeg sagde til dem som det sidste, at jeg ikke havde nogen anelse om, hvor Fatima befandt sig, da hun var blevet træt af at være i Perstorp og havde lejet en bolig på et andet sted, som jeg ikke ville vide, hvor var af frygt for de to bavianer, som nu havde antastet mig.

Hvorvidt de "hoppede på limpinden," havde jeg ingen anelse om, men de forsvandt kort efter ud af baglokalet og låste døren efter sig. Jeg skulle åbenbart mørnes.

Jeg sad dér længe, hele formiddagen gik, og en gang imellem kiggede en af slynglerne ind til mig

Jeg tænkte meget i mellemtiden. Det var ikke den slags forbrydere, der ville slå mig ihjel, heller ikke Hussein, selvom han var en bandit; så selvom jeg følte det ubehageligt, faldt jeg rimelig hurtigt til ro. Det kunne jo endelig også være, at de var hoppet på min løgn om, at jeg ikke vidste hvor Fatima befandt sig, fordi jeg ville have fred for det hele.

Jeg fik te og senere middagsmad, som bestod af nogle sandwiches med cola til. De gange jeg skulle på toilettet, fik jeg en potte ind og mine bånd blev løsnet, så i den retning kunne jeg ikke klage.

Det nåede at blive aften, og jeg sad dér stadig. Jeg vidste, at Mohamed altid gik hjem for at spise sin aftensmad ved 19-tiden, så jeg var spændt på, om jeg havde mulighed for at flygte på dette tidspunkt.

Bedst som jeg tænkte på dette, hørte jeg noget pusle ved døren. Hvad skulle der ske nu? Så blev døren hurtigt låst op. Det var Rachid, Fatimas bror, der stod i døråbningen. Han havde en stor kniv i hånden og nærmede sig mig med den, mens jeg spekulerede på, om han var blevet skingrende skør? Men det var ikke, som jeg havde frygtet MIG, han var ude efter; men de tøjsnore, jeg var bundet med, som han skar over, mens han forklarede, at vi hurtigt skulle ud af forretningen, inden far Mohamed kom tilbage. Hussein var ikke i forretningen lige nu, men kom muligvis tilbage, når han havde lukket sine egne forretninger i Hässleholm. Så det var nu vi skulle af sted!

"Har du nøglen til din bil i lommen?" spurgte han. Jeg følte efter og konstaterede at den stadig var der! Mærkeligt nok havde de hverken taget den eller nøglen til lejligheden fra mig. Jeg havde også mit kørekort i brystlommen.

"Vi går ud ad bagvejen og går ovenfor kvarteret her, så hverken far eller nogle af familien ser os!" fortsatte han; vi var allerede på vej.

Vi nåede Saaben på parkeringspladsen; sprang begge ind i den og kørte ud ad Perstorp forbi vårdcentralen (lægehuset) ad bagvejen og kom ud på vejen til Hässleholm.

Mens vi kørte, trak Rachid to pas og to svenske opholdstilladelser op af jakkelommen og sagde: "Se, hvad jeg har hér!" Han forklarede, at hvis det blev nødvendigt at rømme Sverige, var det godt med behørig rejselegitimation for søster og ham!

Vi kørte direkte til Betzy, Niels og Fatima i Norra Sandby og ankom uden problemer kort tid efter.

Da vi fortalte, hvad der var sket, spærrede de øjnene op en ekstra gang. Det var skrækindjagende, at det bare kunne finde sted sådan uden videre i dagens Sverige. Vi måtte finde et andet sted, hvor vi kunne være alle tre.

Jeg kontaktede min ven, ejendomshandleren i Perstorp, som har nøgle til min lejlighed og fortalte om et hastebesøg i Danmark. Han svarede hurtigt og lovede at kigge efter lejligheden. Jeg skrev videre, at jeg ikke vidste hvor længe, jeg ville opholde mig i Danmark; men jeg ville holde ham løbende orienteret via e-mail.

Fatima og Rachid sov i værelset over stalden om natten, mens jeg sædvanen tro, sov på husets sofa inde i den store stue.

Norra Sandby er et godt og dejligt sted at være. Det består af selve Norra Sandby, hævet over Sandby Ljung (Lyng), hvor lyngen nu er forvandlet til skov, mark og græsarealer. Der er dejlig plads til dem, som har heste og opdrætter dem.

Fatima var meget hurtigt kommet ind i rytmen med hestene. Hun havde sine bestemte opgaver morgen, middag og aften, hvilket gik rigtig godt, trods det at armen stadig var i gips. Fatima glædede sig meget til, at gipsen snart skulle fjernes, så hun kunne begynde at ride på hestene. Betzy var virkelig glad for at have hende som hjælpende hånd.

Desuden var der et utroligt fællesskab i Norra Sandby med Socken Stugan (Sognehuset) som samlingssted, hvor man på forenings basis afholdt en masse arrangementer om alt muligt; og et par gange om året blev der skam også kaldt til fest. For Fatima, der aldrig havde prøvet sådan et fællesskab før, var det en fantastisk begivenhed hver gang, der blev inviteret til et arrangement.

Fatima fik endnu engang tårer i de mandelformede brune øjne, da hun hørte om sin far og Husseins kidnapning af mig. Hun forstod meget hurtigt, at hun ikke engang kunne leve i sikkerhed hér i Norra Sandby, hendes nye paradis.

Næste morgen efter Betzys prægtige morgenbord, hvor intet manglede, begyndte vi derfor en rådslagning.

Jeg havde ingen anden umiddelbar løsning end min datter Christina og min svigersøn Søren, som bor på Røsnæs i Danmark. Så jeg ringede til Christina og satte hende ind i situationen og forklarede, at både Fatima og Rachid behøvede et skjulested i et stykke tid, og for den sags skyld også jeg.

Som altid var Christina positiv, hun kunne selvfølgelig godt se, at det var et stort problem. Men hvis de to kunne bo i campingvognen og hjælpe lidt til, gik det nok! Jeg kunne få sofaen, når jeg ellers var på Røsnæs og ikke besøgte andre. Det var jo nok ikke så smart, at jeg vendte hjem til Perstorp sådan lige med det samme. Jeg takkede foreløbig Christina mange gange og lovede at ringe tilbage om, hvornår og hvordan vi kom.

Fatima, Rachid og jeg fortsatte rådslagningen. Kunne vi uden risiko køre den direkte vej over Øresundsbroen, eller skulle vi finde en omvej? Omvejen med færgen fra Helsingborg til Helsingør duede ikke, der var for mange stop og dermed for mange muligheder for at blive antastet. Færgen fra Ystad til Tyskland og videre til Danmark og Røsnæs var også en mulighed, men det var næsten som at "skyde gråspurve med kanoner." Så den almindelige ordinære vej over Øresundsbroen blev vedtaget. Det ville være svært at lave et hold up mod os på denne strækning, hvor det meste var motorvej. Det gjaldt bare om at komme ned på E22 (den store hoved/motorvej i Sydsverige) så hurtigt som muligt og derfra direkte mod broen. I Danmark ville far Mohamed eller Hussein sikkert ikke foretage sig noget ulovligt mod os.

Fatima pakkede endnu engang sin sæk og tog en rørende afsked med Betzy. Niels var ikke hjemme, han var på arbejde; men Betzy lovede Fatima at overbringe hendes store tak for ophold og god behandling, når han kom hjem.

Vi startede Saaben og begav os af sted. Det var stadig tidlig formiddag, så vi havde dagen for os. I stedet for at køre mod Hässleholm og fortsætte ad vejen igennem Höör og videre ned til hovedvej/motorvej

E22 kørte vi en lidt længere vej til Knislinge, hvorefter vi drejede forbi Hanaskog og videre ned på E22, da vi ikke kunne forestille os, at hverken Mohamed eller Hussein ville tænke på, at vi kunne finde på, at køre den vej.

Vi kom da også uskadte ned på E22, hvorefter det gik stærkt mod broen, som vi nåede lidt over middag. Vejret var rimelig pænt, så vi så skibene og bådene, der passerede under broen, og vi så København med Avedøreværket i det fjerne. Der lettede og landede fly, der skulle fra og til Kastrup lufthavn.

Da vi kom til Danmark, faldt hjerterytmen hos alle, nu følte vi os i sikkerhed. Jeg mærkede, hvordan mit humør steg markant, og jeg kunne se på mine følgesvende, at også de blev meget gladere.

Vi fortsatte ad motorvejen næsten hele vejen så langt vestpå, som vi kunne komme og endte i Kalundborg, hvor vi kørte ind til slagteren i Kvickly i Elmegade og købte okseskank, som han skar og savede over, så det blev til ossobuco stykker. Vi købte grøntsager i grøntsagsafdelingen; en pose med ærter og gulerødder fra frysedisken, en pose rosiner fra hylden med tørret frugt og wienerbrød i bageriet samt cola og appelsindrink.

Hos Christina og Søren

Derefter kørte vi lidt længere mod vest og endte på Fjordskrænten hos Christina og Søren, samt deres to små Jack Russell Terriers, Fie og Alfred.

Da vi kom ind på gårdspladsen, kom Søren ud og tog imod os. Søren er en stor, kraftig, mørkhåret mand med et sort skæg, med et glimt i de milde, brune øjne. Da han stod dér med sit underfundige smil vidste jeg godt, at han tænkte: "Hvad har den gamle morfar nu rodet sig ind i?!" Men denne gang sagde han ingenting.

Min bror Henning har et par gange, bebrejdende sagt til mig: "Du har en vis evne til at rode dig ind i ting, du har svært ved at rode dig ud af igen!" Ja, jeg må give ham ganske ret, sådan har hele mit liv været. Men efterhånden som tiden er gået, har det passet mig bedre og bedre. Jeg har "skæve" og anderledes venner, anderledes tænkende mennesker, der giver mig indblik i en alternativ verden. Jeg bliver holdt i gang af alt det, jeg roder mig ind i! Jeg finder venner med stjernestøv i blodet på min vej!

Bare tænk på Fatima, som jeg mødte på biblioteket i Perstorp, en ung indvandrerkvinde med en baggrund milevidt fra min, men alligevel med en fælles samklang og forståelse for hinanden, allerede fra første gang vi mødtes. Jeg har ikke været eller er forelsket i Fatima, men hendes blide skønhed, mandelformede, mørkebrune øjne og hendes forståelse og klogskab har betaget mig og vil betage mig for stedse. Vort venskab er bygget på en stor forståelse og ærbødig for hinanden og hinandens værdier, trods vores aldersforskel har vi en særdeles fin samklang.

Da Fatima behøvede mig på varmebænken i Perstorp, tænkte jeg hverken på, om det var økonomisk rigtigt at hjælpe hende, eller hvilke følger det ville få, jeg var totalt blind for det. Hun var Fatima, min veninde, som behøvede hjælp, så der var ingen anden udvej end at hjælpe hende. Jeg får aldrig rodet mig ud af venskabet og problemerne med Fatima - og godt det samme!

Vi gik alle fire ind i huset. Straks da vi kom ind, blev vi modtaget med en enorm intensitet af Fie og Alfred. Deres begejstring kendte ingen grænser, de blev ved og blev ved med at skulle klappes og klappes, indtil far Søren med bøs stemme beordrede dem til at forholde sig i ro.

Vi stak hovedet indenfor i Christinas kontor. Christina sad med bøjet hoved over skrivebordet og fakturerede, men kiggede op, da hun så os, og bød de fremmede velkommen med et smil; jeg var fast inventar.

Da Christina var lille, var hun en lille spirrevip, men voksede sig med årene til en stor flot kvinde med blå øjne og mørkt langt hår og fregner på næsen om sommeren. Hun er meget skarpsindig og præcis med sit arbejde. Hun har sit eget bureau, hvor hun tager arbejde ind for flere psykiatrikere i form af kommunikation med patienter (telefontid), journalskrivning og øvrig ekspertise.

Vi blev enige om, at jeg sørgede for, at Fatima og Rachid blev indlogeret på bedste vis i campingvognen.

Da jeg proklamerede, at jeg havde købt ind til tagine og ville begynde på tilberedningen, når vi havde drukket kaffen, teen og spist basserne, var der ikke et øje tørt. Jeg havde nemlig forrige gang, jeg besøgte Christina og Søren lavet den med kyllingelår, ligesom som den, jeg lavede til Fatima den første aften i lejligheden.

Jeg tilberedte taginen på nøjagtig samme måde. Forskellen var bare, at jeg denne gang anvendte ossobuco, hvilket jeg havde gjort mange gange før både i Sverige og i Marokko. Det tog lidt længere tid før kødet var mørt, men resultatet blev endnu bedre end med kylling.

Allerede den næste dag var Rachid i gang med at hjælpe Søren. Der skulle ryddes op på grunden og affaldet skulle køres på lossepladsen. Det var noget Søren længe skulle have gjort, men det var ikke sådan lige til at få det gjort alene. Det tog tre dage, inden de var færdige.

Fatima, som skulle have armen i gips en uges tid endnu, fortalte Christina, at hun sagtens alligevel kunne tage med ud i stalden og hjælpe Christina med hendes hest Macco. Hun havde hjulpet Betzy med at muge ud og alt andet i Sverige uden problemer, så Fatima blev hurtigt Christinas højre hånd.

Fatima kunne mere end det med heste, hun var som sagt en yderst begavet kvinde, så inden længe hjalp hun også til på Christinas kontor.

Dagene gik den ene efter den anden på den måde. Fatima havde fået gipsen af armen og var i gang med at optræne den igen, hvilket gik forbavsende hurtigt, så pludselig en dag sad hun på Christinas hest Macco og demonstrerede, hvilken god rytterske hun var. Der var flere af de tilstedeværende der måbede, de havde ikke ventet, at en kvinde som Fatima kunne tøjle en hest på den måde.

Rachid hjalp stadig Søren med alt forefaldende arbejde, så Søren var veltilfreds og gik og smågrinede og pønsede på at lave et drivhus, nu var der fire hænder at gøre godt med.

Jeg var dér en del; men opholdt mig også en del hos familie, slægt og venner i den tid.

En aftenstund, da vi alle tre Fatima, Rachid og jeg sad på Sørens hjemmelavede bænk og kiggede ud over den forårsgrønne natur mod Kalundborg Fjord og nød synet af det hele inklusiv de skibe, der lå opankret tæt ved Kirkebugten, kom jeg til at tænke på Carsten Niebuhr og hans ekspedition "Det lykkelige Arabien." Han blev udsendt af kongen, Frederik V i 1761 som ekspeditionsleder med fem mand i følget. Selvom det kun var ham, der vendte alene tilbage i 1767, havde ekspeditionen været en succes. Jeg vidste også, hvorfor jeg tænkte på ham. Jeg havde nemlig en gang læst, jeg tror såmænd, at det var i Thorkild Hansens bog om det lykkelige Arabien, at han nød sit otium, hvor han var født, ved Vadehavet. Her elskede han at sidde på sin bænk i aftensolen og kigge ud over havet, mens han fortalte sin familie om det lykkelige Arabien.

Da vi sad hér på her på bænken på samme måde, blev jeg klar over, at vi ville overleve! Vi var i stand til at tilpasse os til fremmede forhold som Carsten Niebuhr. Vi var overlevere som Carsten Niebuhr, og vi havde måske også alle tre stjernestøv i blodet.

Da jeg tænkte på tilpasning, overlevelse og stjernestøv i blodet, sprang mine tanker som altid videre. Jeg kom straks til at tænke på en anden "tilpasser" og overlever, Eskild Andersen Kongsbakke, som ankom med kongens skib til den danske koloni Trankebar i 1643 som konstabel sammen med mange andre. Jeg havde glemt, hvor mange de var, men det var en del.

Efterhånden som tiden gik, døde den ene efter den anden. Tranquebar er på Indiens tropiske kyst med en masse sygdomme, man skal vare sig for. Dengang som nu gjaldt det om at tage sine forholdsregler. De danske soldater og embedsmænd var langt væk hjemmefra og havde let adgang til sprut og kvinder, så mange kastede sig ud i et voldsomt liv med døden til følge. Bare ikke Eskild, han var en "tilpasser" og overlever, så da kongen langt om længe (på grund af krig etc.) 26 år senere i 1669 sendte det næste skib til Tranquebar, var Eskild kommandanten og efter sigende indisk gift med en indisk familie, og han var desuden en stor handelsmand på stedet.

Jeg skal ikke trætte jer yderligere med de bryderier, der blev, da det andet skib ankom i 1669, men blot endnu engang erkende, at Eskild overlevende, fordi han kunne tilpasse sig de nye ændrede forhold på fornuftig vis, han var en overlever, måske også med stjernestøv i blodet?

Da jeg fortalte Fatima og Rachid, det jeg tænkte, forstod de umiddelbart, hvad jeg mente. Som Rachid sagde: "Du glemmer, at vi er irakiske flygtninge, vi havde ikke siddet her sammen med dig i dag, hvis vi ikke havde kunnet tilpasse os! De af vores landsmænd, som ikke kunne tilpasse sig, er døde!"

Hussein i knibe

En tidlig morgen ringede det på Husseins dør. Han boede alene med sin husholderske i en stor villa med swimmingpool og en parklignende have i Ljungdala området i Hässleholm.

Hussein sov stadig, da han hørte, det ringede på døren. Han havde bange anelser, så det første han gjorde var at kigge ud ad vinduet fra soveværelset på første sal. Ganske rigtigt, der holdt to politibiler i indkørslen.

Hurtigt, hurtigt og meget stille fik han trukket i sin træningsdragt og taget sin lille taske med personlige papirer, penge og betalingskort om livet, hvorefter han smuttede ned ad trappen. Idet han sprang ud ad bagdøren råbte husholdersken, som ikke havde set ham flygte: "Hussein, det er politiet, der vil snakke med dig!" Da Hussein ikke svarede, undskyldte husholdersken de fem politifolk mange gange og forklarede, at Hussein ofte sov tungt om morgenen. Men nu skulle hun gå op og vække ham. Da hun kom op i Husseins soveværelse, "var fuglen fløjet." Hussein havde allerede passeret hegnet, han havde fælles med "bagboen" og var på vej op til busstoppestedet på Stobyvägen.

Husholdersken blev noget overrasket, da der ikke var nogen Hussein, så hun måtte slukøret fortælle politiet, at han ikke var hjemme, han måtte være taget tidligt afsted i morges.

Politifolkene kiggede lidt på hinanden og snakkede sammen, hvorefter de forklarede, at de havde en retskendelse til at ransage huset.

Efter at husholdersken havde set kendelsen, entrerede politiet huset og begyndte at ransage, alt imens husholdersken forgæves ringede til Hussein.

Hussein hørte godt telefonopkaldet, mens han havde travlt med at springe på bussen.

Politifolkene kontaktede hurtigt deres afdeling og meddelte, at Hussein ikke var hjemme, og at de var begyndt på ransagningen, men umiddelbart ikke havde ressourcer til at finde eller forfølge Hussein.

Der blev sat en efterlysning af Hussein i gang, som skulle gennem hele systemet og hele bureaukratiet, det ville tage tid, så i mellemtiden havde Hussein frit lejde.

Bussen Hussein var hoppet på, kørte til Hässleholm Centralstation, hvilket passede Hussein rigtig godt. Han var ikke sen til at trække en billet til København H i Danmark og nåede præcist et Øresundstog i sidste øjeblik.

Efter 1 time og 24 minutter holdt han på Københavns Hovedbanegård, hvor han pustede ud. Han vidste godt, at det svenske politi ikke ville eftersøge ham her foreløbig, så han ringede stille og roligt til sin husholderske og spurgte om, hvordan det gik?

Hun var helt ude af flippen og forklarede, at politiet ransagede huset, hvad skulle hun gøre?

Hussein sagde til hende, at det måtte bero på en fejl, så hun skulle bare forholde sig i ro, til han kom tilbage om et par dage; han var på forretningsrejse.

Nu vidste Hussein nøjagtigt, hvad der foregik og havde absolut ikke lyst til at vende tilbage, så han trak endnu engang en billet i automaten, denne gang til Høje Taastrup.

Hans fætter Ahmed boede sammen med sin kone Essaddia og to børn i en lejlighed i Høje Taastrup, så dér ville han i første omgang prøve, om han kunne bo et par dage.

Da han ringede på Ahmeds dør, var det Ahmed der åbnede den, mens Essaddia stod bagved for at se, hvem det kunne være, der ringede på.

Ahmed undrede sig straks over fætterens påklædning? Hussein var altid, når han kom på besøg ulastelig klædt med jakke og tilsvarende bukser og ofte slips; men denne gang stillede han i træningstøj? Der var noget, der ikke var, som det skulle være?

"Kom ind!" sagde Ahmed "og velkommen, kære fætter!" De to små børn, en pige og en dreng kom over og hilste på onkel Hussein, han havde altid godis (slik på svensk) med til dem, når han kom, men denne gang havde han bare et stykke dansk chokolade, han havde købt nede i Centerkiosken, så de blev lidt skuffede, men sagde alligevel pænt tak til onkel Hussein.

Essaddia lavede hurtigt kaffe og satte kager af alle slags, som altid, på bordet.

Det varede heller ikke længe, før de begyndte at snakke. Først snakkede de om vind og vejr og den slags ting; men samtalen blev ret hurtigt drejet hen på Hussein. Hvad var der i vejen med ham, hvorfor havde han træningsdragten på i dag? Ja, og hvorfor virkede han fraværende?

Hussein erkendte, at hans "imperium" var brudt sammen, og at hans prægtige hus var ved at blive ransaget af det svenske politi. Han havde lige snakket med husholdersken, som havde fortalt om, hvordan alt blev gennemrodet, vendt og drejet. Hans papirer og computer havde de også lagt beslag på.

Ahmed spurgte roligt, hvad han havde tænkt at gøre? Hussein havde ingen aktuel plan andet end at se tiden an. Ahmed spurgte om Hussein havde tænkt sig at være dobbeltflygtning resten af sit liv? Flygtning fra Irak og flygtning fra det svenske politi? Hussein kiggede bare ned i bordet og sagde for en gang skyld ingenting.

"Jeg skal gerne gå med dig ned til politistationen i Centret og hjælpe dig med at forklare omstændighederne." sagde Ahmed. "Nej ellers mange tak," Hussein ville selv gå derned og melde sig. Og sådan blev det. Hussein takkede for samtalen og kaffen og tog pænt afsked med den lille familie.

Hussein stod længe uden for politistationen. Skal, skal ikke, skal, skal ikke. Modet svigtede ham, han gik ikke ind på politistationen, og han gik ikke op til fætter Ahmed igen, men købte endnu engang en billet i automaten så langt vestpå, som han kunne - til Kalundborg og tog det næste tog til Kalundborg.

Fætter Ahmed var i den tro, at fætter Hussein havde meldt sig på den nærliggende politistation og tænkte ikke på at tjekke, om han skulle have foretaget sig noget andet. Han prøvede godt nok at kontakte Hussein på mobiltelefonen, men Hussein svarede ikke, sikkert fordi han var i politiets varetægt, konkluderede Ahmed.

Det var blevet aften, da Hussein nåede Kalundborg, hvor skulle han gå hen? Han kendte ikke byen? En venlig mand fortalte ham, at der var gode chancer for, at de havde et ledigt værelse oppe på Ole Lunds Gård, og det var tilmed til en rimelig pris. Hussein fik forklaret vejen og endte kort tid efter på Ole Lunds Gård, hvor han fik et værelse.

Han var heldigvis ikke uden penge, selvom det var svenske kroner; og de betalingskort, han havde med sig, var sikkert ikke blevet lukket endnu. Det gik, som sagt, ikke så hurtigt i Sverige.

Så foruden et værelse fik han også aftensmaden, og morgenmaden var inkluderet i prisen for værelset.

Næste dag gik han i Røde Kors forretningen i Kordilgade og ekviperede sig for små penge. Nu havde han, hvad han behøvede, selvom han ikke havde købt et jakkesæt

Senere drev han rundt i byen og opdagede biblioteket. Her måtte være nogle opslag med jobs?!

Mens han stod inde i biblioteket, så han et lille torv gennem vinduet. Der blev solgt forskellige ting, også frugt og grønt.

Inden han havde set sig om, stod han ude på torvet og snakkede med Hamid, der solgte frugt og grønt. Hussein udrullede al sin charme og fik hurtigt smigret sig ind hos Hamid, der manglede en medhjælper både til at sortere grøntsager og frugt hjemme i Kærby og også til at hjælpe med salget på omegnens torve og markedspladser.

Så Hussein hentede de få ting, han havde på Ole Lunds gård og afregnede for opholdet, hvorefter han drog med Hamid hjem til Kærby, lige udenfor Kalundborg.

Det gik ganske godt på denne måde, Hussein sparede på sine penge og behøvede ikke at bruge sine betalingskort, som måske var spærrede nu.

Det gik godt i næsten 3 uger, indtil Rachid skulle låne en bog på biblioteket om det gamle Kalundborg, som havde fanget hans interesse.

Han kom til den vestlige indgang fra Klosterparkvej, der også ligger mod vest. Man kan af den grund ikke se torvet, som ligger mod syd, hverken fra indgangen eller fra en stor del af biblioteket.

Efter at Rachid havde parkeret sin cykel i cykelstativet og låst den forsvarligt, gik han gennem døren ind på biblioteket og begyndte at søge efter bøger og materiale om det gamle Kalundborg.

Mens han gik rundt på biblioteket, kiggede han tilfældigt ud af et af de sydvendte vinduer, og de brune store øjne blev endnu større, da han så Hussein stå på torvet og sælge frugt og grønt? Det kunne ikke være rigtigt? Han ville ikke tro sine egne øjne og kiggede intenst ud flere gange. Det var rigtigt! Det var Hussein i egen person, der stod derude!

Mor Sahra, som både han og Fatima var i hemmelig forbindelse med, havde godt nok berettet, at Hussein var efterlyst i Sverige for økonomisk kriminalitet, men at han var flygtet til Kalundborg, var besynderligt.

Da Rachid var kommet sig over chokket, gjorde han noget ganske smart, han fotograferede Hussein gennem vinduet, hvorefter han vendte næsen hjem mod Røsnæs.

Jeg var på det tidspunkt hos Christina og Søren, så da Rachid kom susende på cyklen og sprang ind i køkkenet til os med den nye meddelelse og viste os fotografiet på telefonen, måbede vi alle.

Vi snakkede lidt om hvad vi skulle gøre og blev hurtigt enige om, at jeg skulle kontakte politiet, så hans ugerninger kunne blive bremset.

Politiet i Kalundborg havde ingen efterlysning af ham, men efter at de havde hørt min forklaring, ville de fortsætte med sagen.

Politiet var hurtige. På grund af min forklaring, var de blevet klar over situationen. De fandt ud af hans bevægelsesmønster sammen med Hamid, som var en stille, rolig og god mand, så de valgte ikke at anholde ham på dramatisk vis i Hamids hjem i Kærby. De ville lige så stille opsøge ham den følgende dag, hvor han solgte frugt og grønt på torvet i Høng, som er en lille stationsby nær Kalundborg. De ville se og kontrollere hans danske opholds-og arbejdstilladelse?

Da Hussein ikke havde nogen af delene, blev de desværre nødt til at tage ham med på stationen, mens Hamid højlydt beklagede sig: "Sådan går det hver gang, jeg har fundet en god mand!" Den ellers godmodige Hamid blev irriteret og råbte, så alle kunne høre det: "Skrankepaver og papirnussere, det er, hvad I er!"

De to betjente forklarede, stadig stille og roligt, at sådan var loven nu engang, og det var ikke dem, der havde lavet den.

Der var stimlet flere mennesker sammen, som gav deres besyv med.

Nogle var for Hussein og andre imod og nogle ville lave en underskriftsindsamling, så den rare Hussein kunne fortsætte med at hjælpe Hamid.

Hussein selv sagde ikke så meget, han vidste, "hvad klokken var slået," men priste sig alligevel lykkelig over, at det danske politi havde tacklet anholdelsen på den måde, så han ikke tabte ansigt overfor Hamid og kunderne.

Et par dage senere blev han kørt til Hässleholm, hvor han blev afleveret til det svenske politi, her skulle han stå til regnskab for sine ugerninger og bedragerier.

Mohameds forvandling

Denne gang slap Hussein ikke med et par dage. Hans ugerninger var omfattende, han havde længe haft økonomiske problemer og været særdeles kreativ med at løse dem kriminelt. Han var anklaget for økonomisk bedrageri og for at have snydt både sine leverandører og de småhandlende, han solgte varerne videre til. Det var en særdeles omfattende retssag, der skulle i gang.

Det kom som et kæmpe chok for Fatimas far Mohamed, der altid havde betragtet Hussein som den store mand, der vidste alt, når han søgte om hjælp og altid havde kunnet levere de varer, han havde ønsket. Hans kone og indkøbschef, Sahra skulle blot ringe en gang og vupti var varerne på pletten.

Selvom Hussein havde været eksemplarisk overfor Mohamed, sikkert på grund af hans gode øje til Fatima, havde han ikke behandlet sine andre kunder på samme måde. Der var betalt forskud for varer, som aldrig var blevet leveret. Der var blevet leveret varer, der var for gamle og ikke kunne sælges, og leverandørerne havde ikke fået deres penge, ja, synderegistret var enormt.

Nu sad Mohamed så alene med skægget i postkassen, som man siger. Hvad skulle han gøre? Hvor skulle han få sine varer fra? Hvordan skulle han drive forretningen videre?

Han følte mere og mere, at han havde behov for sin elskede søn Rachid, hans gåpåmod og opfindsomhed, men Rachid opholdt sig i

Danmark sammen med Fatima.

Han vidste alt om, hvor de var, det havde han for længst fået rapporteret af Hussein, inden Husseins fald. Hussein havde haft en masse håndlangere i sit net, som ret hurtigt havde berettet om det. Men han vidste også, at Danmark var fremmed grund, meget forskellige fra Sverige, så han havde fuldstændig opgivet en kidnapning mere.

Han tænkte længe og beklagede sig til sin kloge kone Sahra, som straks sagde til ham: "Min kære Mohamed, hvis du vil have vores søn Rachid tilbage, må du for en gang skyld bøje dig og erkende din skyld, når du har gjort det oprigtigt, er jeg slet ikke i tvivl om, at Rachid vil komme tilbage for at hjælpe os. Det skal være dig, der kontakter ham, ikke mig!" "Jamen, hvordan får jeg Rachid i tale?" fortsatte Mohamed. "Du kunne jo for eksempel starte med at skrive til ham på Messenger og fortælle ham, hvor meget du savner ham og behøver ham. Husk på, han er en god dreng med et stort hjerte!" sagde hun og tilføjede: "Jeg ved også at det nager dig utrolig meget med Fatima, men der har jeg ingen umiddelbar løsning, men fornemmer alligevel, at også det vil løse sig, hvis du åbner op for dig selv og prøver at forstå, at du ikke er i Irak længere."

Mohamed kiggede på hende med et underfundigt smil og fik på én gang et glimt i sine øjne, som han ikke havde haft i mange år.

Han satte sig ned ved bordet og begyndte at skrive til Rachid på computeren. Han skrev oprigtigt og beklagede sin opførsel. Selvom det var svært for "den gamle hanløve," at erkende sine fejl, gjorde han det. Han skrev så indtrængende han kunne, om han dog ikke ville komme hjem til Perstorp, han behøvede ham, han erkendte hans evner og lovede bod og bedring!

Han spurgte, om ikke Rachid også kunne hjælpe ham, så hans elskede datter Fatima ville komme tilbage?

Rachid modtog beskeden i løbet af eftermiddagen på mobiltelefonen og læste den igen og igen? Hvad var der sket med den gamle? Hvad skulle han gøre? Det første han kunne gøre, var at svare sin far.

Så han sendte en besked allerede inden aftensmaden og takkede for, at hans far, Mohamed, havde skrevet til ham. Han skrev, at han var glad for hans ændrede holdning og ville tænke over det hele, også det med Fatima i et par dage, inden han svarede endeligt.

Han viste Fatima beskeden efter aftensmaden. Fatima læste den også flere gange. Men såret i hendes hjerte var endnu for stort til, at hun ville vende tilbage til Perstorp, og om hun nogensinde ville kunne tilgive sin far, stod hen i det uvisse.

Christina, som også læste meddelelsen, tænkte længe over den og sagde til Rachid, at han skulle gøre hvad han følte, men det var sikkert klogt at vente et par dage, som han havde skrevet til sin far. Hvad Fatima angik, mente Christina, at hun havde været ude for så meget, så det var sikkert en god idé, at hun var afventende et stykke tid endnu, ja og hun var naturligt stadig velkommen til at blive boende i campingvognen.

Søren, som havde hørt samtalen, kiggede intenst på Rachid og sagde: "Husk nu på, at han er din far!" Mere sagde han ikke, men det gjorde et stort indtryk på Rachid.

Da Rachid havde tænkt sig om et par dage, skrev han tilbage til sin far, at han ville komme, så snart han var færdig med det arbejde, han havde lovet Søren at hjælpe ham med. De var i gang med at reparere en ridebane. Så der ville gå en lille uges tid Nu var det pludselig Rachid, der havde fat i den lange ende.

Mohamed skrev tilbage med det samme og priste og glædede sig over, at han ville komme så hurtigt. Han spurgte også om, hvordan det gik med Fatima, og om hun ville komme sammen med ham?

Rachid svarede meget diplomatisk, at han var sikker på, at Fatima ville komme tilbage; bare ikke lige nu sammen med ham. Hun behøvede mere tid til at slikke sine åndelige og fysiske sår.

Hvad han ikke skrev, var at Fatima havde mødt en ung, dansk mand, Peter på hendes egen alder, og at de var faldet pladask for hinanden. Det måtte vente, der var grænser for, hvor meget far Mohamed kunne klare på én gang!

Peter vender vi tilbage til.

Selvom Fatima lod vente på sig, var Mohamed ovenud tilfreds med svaret og skrev, at han glædede sig til at gense Rachid og til at arbejde sammen med ham på en ny og god måde. Han overbragte endvidere mange hilsner fra mor Sahra, som også glædede sig uendeligt meget til at se og opleve sin elskede søn Rachid igen.

Peter

Peter var ikke en hvem som helst Peter, han var vokset op i Kalundborg og havde en studentereksamen fra Kalundborg Gymnasium.

Hans mor, far og lillesøster boede i et villakvarter ikke særlig langt fra Christina og Søren.

Han var midt i tyverne som Fatima og var en ung mild, mand med et lyst hår og et underfundigt smil på læben. Han var af middelhøjde og lidt kraftig, men alligevel i rigtig god form. Hans hår var redt til siden, hans stemme var utrolig behagelig, og han havde et tiltrækkende væsen.

Da han var blevet student, forventede familien, at han skulle læse på universitetet eller på ingeniørhøjskolen, men Peter vidste ikke, hvad han ville være, så han tog på rejse til Grækenland, hvor han fik et job, først som hjælperejseleder og senere som rejseleder. Han elskede at fortælle sine gæster om de græske øer med deres mange muligheder for sejlads, fiskeri og dykning. Hans glæde var lige så stor, når han fortalte om antikkens liv og mysterier.

Han havde tilbragt næsten et år som rejseleder i Grækenland, da han ganske uventet fik tilbudt et andet rejselederjob i Egypten. Han slog til med det samme og var kort efter rejseleder på Sinai. Det var lige så alsidigt som jobbet i Grækenland med gæster, der snorkeldykkede på koralrevene og gæster, der skulle til både Luxor og Cairo for at opleve

Karnaktemplet, Luxortemplet og pyramiderne og Sfinxen ej at forglemme.

Da han havde trådt ørkensandet tyndt efter halvandet år, blev han tilbudt et rejselederjob i Cambodia. Det var et super spændende job med en helt anderledes natur og kultur.

Peter havde været hurtig til at lære sig om den græske ortodokse tro i Grækenland, og han havde lært sig meget om islam i Egypten, dels ved selvstudium og dels med hjælp fra en ven, Eiub.

Han blev ven med Eiub fra det ene øjeblik til det andet, da han ville købe 200 gram hibiscuste, som han var blevet "afhængig af."

Det var ren magi! Den lille glatbarberede Eiub, jævnaldrende med Peter, og Peter blev venner på nogle få minutter. Eiub var en vis mand og havde mange bøger skrevet på engelsk, som Peter lånte af ham i de kommende dage. Så Peter blev snart ekspert udi det antikke Egypten og islam, hvilket hans gæster nød godt af.

Men tilbage til Cambodia. I Cambodia lykkedes det Peter at finde en bog på engelsk om buddhismen. Det var bare en lille bog på et par hundrede sider, som beskrev buddhismen fra begyndelsen.

Den beskrev, hvordan det guddommelige, hvide næsehorn stødte sit horn ind i siden på Buddhas mor ni måneder før hun fødte Buddha. Den beskrev, hvordan lotusblomsterne dalede fra himlen og ned i dammen, mens englene sang i det høje, samtidig med at Buddha blev født gennem hullet i siden på Buddhas mor. Det hul som det hvide næsehorn havde lavet.

Peter erkendte i sit stille sind, at der ikke var noget nyt under solen.

Han læste videre om Buddhas liv med disciple og meditationer og undrede sig endnu engang.

Han læste om Cambodias natur og om Cambodias kultur, så inden længe var Peter chefrejselederens højre hånd.

Men ak! Træerne er aldrig vokset ind i himlen! Da Peter havde været dér et års tid, bankede det en morgen brutalt på Peters værelsesdør. Da Peter åbnede døren, stod der to af regeringens håndlangere udenfor.

Peter var uønsket i Cambodia, hvorfor kunne han ikke få at vide, og han har aldrig siden fået det at vide.

Peter fik et kvarter til at pakke sine ting, hvorefter han blev kørt til lufthavnen siddende på bagsædet mellem de to håndlangere.

Han havde ikke haft mulighed for at kontakte sin chef, chefrejselederen, men da han landede i Bangkok lykkedes det ham at komme i kontakt med ham via telefonen.

Chefrejselederen blev meget ked af det og var forbavset over situationen, men var efterhånden vant til lidt af hvert i Cambodia, så han fik ret hurtigt arrangeret det således, at Peter kom på en flyvemaskine hjem til Danmark direkte fra Bangkok.

Vel hjemme i Danmark, tænkte Peter meget over sin fremtid. Han var klar over at teknik og videnskab ikke rigtigt var ham, det skulle være noget med handel, markedsføring eller logistik; så inden så længe søgte han om optagelse på Handelshøjskolen i København, CBS, Copenhagen Business School, hvor han blev optaget.

Peter var ikke en fattig mand. Selvom lønnen som rejseleder ikke var den største i verden, havde han gemt mange af de penge, han havde tjent, inklusive drikkepengene. Han havde under sit udenlandske ophold levet meget spartansk, så selvom han skulle læse i de kommende år, var der penge til en byggegrund nær Kalundborg.

Peter havde nu læst i næsten fire år og var færdig om ikke så længe, så fremsynet som han var, var han allerede i gang med at planlægge et byggeri på grunden.

Fatima og Peter forelsker sig

Som lige fortalt, var den unge, danske mand Peter faldet pladask for den jævnaldrende, irakiske kvinde Fatima, og hun var faldet lige så meget for ham.

Fatima, som hjalp Christina alt det hun kunne med hendes hest Macco, elskede hver gang hun kørte med Christina og Søren over til stalden og folden i Bastrup, hvor Macco var opstaldet. Hun var desuden utrolig glad for Røsnæs og naturen på Røsnæs, Hun opholdt sig derfor meget i Christinas og Sørens have, hvor hun lugede ukrudt og ind imellem plantede nye blomster, som hun hentede i Kalundborg.

En dag kom Peter gående oppe på grusvejen.

Da han så Fatima gå i haven, spurtede han straks over til hende og spurgte: "Er Christina eller Søren hjemme? Jeg har en aftale med Søren, han har lovet mig lidt rådgivning med et hus, jeg har tænkt mig at bygge."

Fatima svarede, at de var i Kalundborg, men hun forventede, at de kom tilbage indenfor en time, så hvis han ville have en kop kaffe eller måske en kop te, kunne de gå ind i køkkenet.

Da Fatima så på Peter, så hun ind i to rolige, blå-grønne øjne, der var så milde og rare. Hun havde aldrig set så skønne øjne før!

Peter så direkte på Fatima og kiggede ind i hendes to mandelformede, mørkebrune øjne med det rolige blik og en dybde, han heller aldrig havde oplevet hos nogen før. Så uden at tænke noget overhovedet, sagde han straks: "Ja tak!"

Inde i køkkenet drak Peter kaffe og Fatima drak te, mens Fie og Alfred gjorde sig til. Peter kom desværre til at give dem lidt af småkagerne, det skulle han nok ikke have gjort, for nu holdt de på med at tigge om flere krummer. Så Peter havde sit hyr med at pacificere dem.

Da de små hunde var faldet til ro, spurgte Peter Fatima, hvad hun hed? Da hun svarede: "Jeg hedder Fatima!" Sagde Peter: "Det var dog et smukt navn, men hvor kommer du fra?" Fatima fortalte, at hun kom både fra Irak og Sverige! Hende og hendes familie var irakiske flygtninge. Hendes far havde haft en stor forretning med tøj i Irak, men de havde måttet efterlade deres ejendomme og forretning i Irak for at begynde på en frisk i Sverige, der havde givet dem asyl.

"Ja, jeg hører, at din dialekt er lidt svensk!" sagde Peter. Han kommenterede ikke hendes forklaring endnu, han ville lige tænke det hele igennem.

Da han havde siddet lidt og kigget ud i luften, mens Fatima havde undret sig, fortsatte han: "Det er jo både en trist og god historie på én gang, du fortæller mig dér Fatima! Trist fordi I måtte efterlade jeres hjemland og jeres værdier, men god fordi I overlevede som hele, og fordi I blev modtaget i Sverige."

"Ja, det kan du have ret i!" kommenterede Fatima, mens hun beundrede Peter. Hun kunne ikke holde blikket væk fra ham.

"Men nu er det din tur til at fortælle!" fortsatte Fatima.

Peter fortalte, at han var født i Kalundborg og vokset op på Røsnæs lidt længere inde mod Kalundborg end der, hvor Christina og Søren boede. Han havde en mindre bror og en mindre søster. Han var i sin barndom blevet mobbet, fordi han ikke havde den samme trang til at spille fodbold som lillebror og farmand. Selvom han godt kunne lide at motionere og løbe ture, var bøgerne hans et og alt, han elskede at læse om alt muligt og var lige nu i gang med at læse "Den afrikanske farm" af Karen Blixen. Han studerede på Handelshøjskolen i København, CBS og var snart færdig med en højere eksamen, så han var begyndt at søge job.

Mere nåede de ikke at fortælle, for i det samme trådte Christina og Søren ind ad døren, så nu skulle de alle drikke kaffe, te og spise de basser, Christina havde købt på vejen hjem. Fatima og Peter drak troligt hver deres kaffe og te en gang mere, mens de så forelsket på hinanden. Christina opfattede straks deres nydelse af hinandens nærvær, og noterede det i sit baghoved.

Da basserne var spist, kaffen og teen drukket, kastede Peter og Søren sig over skitser og tegninger til Peters påtænkte hus.

Christina og Fatima snakkede om Macco og haven, som det snart var lykkedes for Fatima, at forvandle til et lille paradis.

Peter havde hele weekenden foran sig, så inden han gik, trykkede han Fatimas hånd og takkede for deres samtale og spurgte lavmælt om, hvad hun skulle lave den næste dag?

Fatima, der ikke havde noget særligt på programmet udover Macco og haven, svarede med de mandelformede øjne direkte kiggende ind i hans rolige blå-grønne øjne, at hun ikke havde noget særligt for.

"Fint," sagde Peter, "jeg ser om, jeg kan låne min mors bil, så jeg kan køre dig en tur. Men jeg må lige have dit telefonnummer, hvis det skulle kikse.

Peter fik Fatimas telefonnummer og deres tidligere håndtryk blev endda til et lille kram, da de sagde farvel til hinanden.

Christina vidste nu præcis, "hvad klokken var slået!"

Peter kunne ikke dy sig, han ringede allerede til Fatima inden klokken 18 og fortalte, at han havde fået lov til at låne sin mors bil, så han ville komme den næste formiddag klokken 10 for at hente hende.

Peter kom som aftalt den næste formiddag, det var lørdag og klokken var præcis 10! Udenfor Christinas og Sørens hus holdt han i sin mors cabriolet i et strålende solskinsvejr.

Fatima kom ud og satte sig til rette i bilen, hvor taget var rullet fra, så solen skinnede ned på dem. Da hun gav ham et lille kys på kinden, idet hun satte sig ind, gav det et glædesryk i ham.

De kørte lidt mod København, indtil de små 10 kilometer uden for Kalundborg svingede til venstre ved Birkendegård. De kørte gennem det danske bondeland og fritidsområder, inden de nåede Sejerø bugten og passerede Sanddobberne, der både er campingplads og badeområde.

Derefter kørte de op på den store bakke, Vejrhøj, hvor de parkerede bilen og steg ud. Tæt ved parkeringspladsen med udsigt over Sejerø bugten, bredte Peter dugen ud og satte de små klapstole op.

Mens de spiste de medbragte sandwiches med kylling og ost og drak sukkerfri cola, nød de i fulde drag den solrige dag.

Udsigten over Sejerø bugten var formidabel, til højre så man spidsen af Sjællands Odde, lige foran så man Sejerø og lidt til venstre meget tæt på lå Nekselø. Peter lovede Fatima at tage hende med fra Havnsø til Nekselø, næste gang de skulle på udflugt i dette område.

Mens de sad dér, og Peter havde sin ene hånd liggende på tæppet, mærkede han pludselig en lille hånd i sin egen!

Han trykkede den lille hånd nænsomt og trykket blev gengældt.

Fatima troede, at de skulle hjem, men Peter snød hende, han drejede pludselig til venstre op ad en allé mod et stort gammelt slot. Det var Dragsholm Slot, kendt for at have haft den engelske Jarl af Bothwell i sin fangekælder for mange år siden.

Fatima kiggede sig noget omkring, da de gik ind på slotsrestauranten, hvor Peter på sin behagelige måde bad hende om at sætte sig ved et bord. De skulle have eftermiddags kaffe eller te. Peter fik kaffe og Fatima fik te. Til kaffen og teen blev der serveret hjemmebagt slotskringle.

Da de kom hjem til Røsnæs efter en lang dag, tog de en rørende afsked med hinanden. Det blev til flere hede kys, inden Peter kørte hjem og afleverede bilen til sin mor.

Da de kyssede hinanden, gled Fatimas tørklæde en kende ned, så Peter så et glimt af hendes krusede, kønne, gnistrende, sorte hår.

De havde nu ikke behøvet at tage så stor en afsked, for det var kun lørdag og Peter ville komme tilbage til Fatima den næste dag, søndag.

Fatima var oppe allerede klokken 7 om søndagen. Hun kunne ikke sove længere, så hun sneg sig ind i Christinas køkken lige så stille for at lave myntete og lægge de "konfekt småkager," hun havde købt hos araber købmanden i Kordilgade i Kalundborg, i en af Christinas små fine skåle. Hun tog det hele med ud i campingvognen, hvor hun jo boede og kunne holde mynteteen varm på en lille elektrisk varmeplade.

I modsætning til dagen inden, havde hun ikke tørklædet på, hun havde børstet håret og sat det sirligt op. Hun havde også bare en T-shirt på i dag og et par lette bukser, næsten som bukserne til nattøj.

Peter havde heller ikke meget ro på sig, han var også allerede oppe ved 7 tiden og spiste morgenmaden i forældrenes køkken alene. Derefter læste han lidt i søndags morgenavisen og sad ellers og kiggede ud ad vinduet over på naboen, som lige kom hjem efter at have luftet sin gamle hund.

Så kiggede han på sit armbåndsur og tænkte, at det sikkert nok ville være i orden, hvis han begyndte at cykle over til Fatima.

Peter kunne ikke låne, hverken fars eller mors bil i dag, så det var og blev cyklen eller på gåben.

Da han nåede over til Fatima, var klokken kun 8. Han bankede forsigtigt på campingvognens dør, som straks blev åbnet af en smilende Fatima.

Da han kom ind i campingvognen, omfavnede de hinanden længe. I dag, hvor hun ikke var indhyllet i tøj, kunne han mærke hendes skønne former og dejlige krop.

Efter gensynsglæden og efter at have kigget hinanden dybt i øjnene endnu engang, drak de mynteteen og spiste lidt af småkagerne.

Peter beundrede Fatima så meget, så meget og Fatima beundrende Peter, han var den dejligste og mest rolige mand, hun nogensinde havde mødt, og hans duft var tilmed så tiltrækkende.

Fatimas duft var lige så tiltrækkende, hun havde brugt parfumen, som hun kun brugte til specielle lejligheder. Det var en af de eneste ting, hun havde haft med fra Irak. Dens duft var ubestemmelig, en blanding af kanel og roser.

Da de begyndte at snakke, snakkede de, uden at de tænkte over det, om deres fælles fremtid. Det lå allerede i luften, at de skulle være sammen i fremtiden. Der var nogle usynlige bånd, der havde bundet dem sammen.

"Jamen Peter, hvad gør vi med de forskelle, vi har. Vi kommer fra hver sin verden. Jeg er muslim og hvad er du?" spurgte Fatima, mens hun kiggede intenst på ham med sine fortryllende øjne. Peter sad lidt og tænkte, så sagde han med sin stille og rolige stemme: "Selvom jeg stadig er ung, har jeg allerede lært to grundlæggende ting: Problemer og vanskeligheder er til for at løses, og man kommer ikke langt, hvis man fokuserer på forskelligheder, man klarer tilværelsen meget nemmere, hvis man fokuserer på ligheder!"

Han fortsatte med at fortælle om sine jobs som rejseleder ude i den store verden og om sit kendskab til religioner og om de erfaringer, han havde gjort.

Selvom Peter aldrig havde været kæreste med en muslimsk pige og i det hele taget kun havde kendt ganske få piger i sit korte liv, kendte han så meget til islam fra sin tid i Egypten, at han ganske ubevidst vidste, hvordan han skulle tackle Fatima, der spandt som en lille kat! "Hvad var han dog for en denne Peter?" Hun havde aldrig oplevet et så elskeligt, dejligt, behageligt, stille og roligt menneske, og så var han tilmed så blid så blid!

Peter var lige så forelsket i Fatima, han havde aldrig troet, at han ville kunne finde en så smuk, sanselig, følsom og klog kvinde.

Fatima forstod med det samme, at Peter ikke bare var en "dansk Peter", men en "international Peter." Hun forstod, hvad han mente og forklarede; men alligevel spurgte hun specifikt endnu engang til hans religion.

Peter fortalte, at han ligesom Fatima troede på én Gud, Abrahams gamle gud, der også er den kristne Gud og fortsatte: "Det er spørgsmålet om Jesus, dér er forskellen. Den kristne Jesus er Guds søn, hvorimod den muslimske Jesus er en af de fem store profeter, han er kærlighedens profet! Så når vi lader være med, som jeg lige sagde at fokusere på ulighederne, men i stedet fokuserer på lighederne, kan vi jo sagtens leve med vore religioner og prise, at vi har den samme Gud!"

Fatima, som vidste det alt sammen i forvejen fra bedstemor Essaddia, nikkede og fortalte Peter, at det vidste hun skam godt.

"Jamen hvad så med mit tørklæde, som jeg har båret fra jeg var en lille pige, og som jeg føler er en del af mig. Jeg føler mig utilpas, når jeg ikke har det på uden for hjemmet. Jeg føler mig nøgen uden det. Hvad siger du til det?" spurgte Fatima videre.

Peter sagde igen på sin rolige, ligevægtige måde: " Fatima, du er den Fatima, jeg altid har drømt om, du skal da ikke lave om på dig selv. Min bedstemor havde også altid et tørklæde på, jeg så kun hendes lange hår to gange i mit liv."

"Men Peter, jeg drikker jo heller ikke alkohol og har heller ikke tænkt mig at gøre det." fik Fatima indskudt. "Det er kun godt det samme Fatima, alkohol er overhovedet ikke sundt og skader meget mere end det gavner. Jeg drikker derfor kun lidt en sjælden gang, men kan holde helt op." sagde Peter.

"Peter, kære Peter, du har selv lige sagt til mig, at jeg ikke skal lave om på mig selv, så du skal naturligvis heller ikke lave om på dig selv!" sluttede Fatima af.

Da de snakkede om, hvordan deres forhåbentlige, kommende børn skulle opdrages, besluttede de at vente til de fik nogen og tage det, som det kom.

Da deres planer var lagt, mynteteen drukket og de søde småkager fortæret, kunne de ikke lade være med at kramme og kysse hinanden, de var så forelskede, så forelskede.

Det var bare ikke længe, de fik tid til deres kærlighed, for efter en halv time bankede det på campingvognens dør! Det var Christina, der stod udenfor.

"Skal du med ud til Macco?" råbte hun til Fatima og undrede sig noget over Fatimas beklædning med manglende tørklæde.

"Behøver du mig i dag Christina? Jeg har nemlig en gæst." sagde Fatima "Åh! Det går nok, jeg tager Søren med i dag. Jamen, er det ikke Peter?" udbrød Christina og fik et underfundigt glimt i sine øjne og et lige så underfundigt smil på læberne.

Jo, det var Peter, der var kommet på besøg, og han ville blive, til han skulle med toget til København i eftermiddag.

Men det kunne godt være, at de luftede Fie og Alfred senere. Alfred skulle med ud i stalden, men Fie måtte de hjertens gerne lufte, det ville hun blive glad for.

Turen med Fie var ren romantik. De gik med hinanden i hånden ned ad grusvejen, mens Fie sprang omkring dem, hun var ikke i snor.

De hilste på forfatteren i det sidste hus inden klinten. Han sad og skrev på terrassen. De kunne mærke, at han var lidt fraværende, men de konkluderede, at han sikkert kun havde sin nye bog i tankerne.

Inde i buskadset før trappen til klinten blev det til adskillige kys. De havde næsten glemt Fie, men hun var heldigvis trofast og holdt sig til de "mærkelige" mennesker.

Nede på den stenede strand var der i solens skin kun få moderate bølger, så de var en tur ude på badebroen, mens Fie dyppede poterne, ikke længere ud end til maven!

Vel hjemme igen, lavede Fatima tidligt aftensmad til de to i Christinas køkken, da Peter jo skulle med toget til København om ikke så længe.

Da afskedens time nærmede sig, blev de mere og mere tiltrukket af hinanden og krammede og kyssede og krammede.

Da Peter kiggede på sit ur, fik han et chok! Han skulle have været afsted for en halv time siden, så det blev til et heftigt farvelkram og et lige så heftigt farvelkys, inden han sprang på cyklen, mens Fatima stod med tårer i de mandelformede, store, mørkebrune øjne endnu engang. Denne gang var det glædens og forventningens tårer!

De chattede, skrev, mailede og snakkede i telefon med hinanden hele ugen igennem og kunne næsten ikke vente til den kommende weekend, hvor de igen skulle mødes.

Det blev en gentagelse af mødet fra forrige weekend.

Christina gik og smågrinede på sin egen måde og spurgte Søren, om han havde set dem? "Lad dem nu være i fred!" var det eneste Søren sagde.

Et stykke tid efter læste Peter et lille vers for Fatima:

"Min Fatima, hvad skal jeg sige?
Du er en kvinde uden lige.

Når jeg ind i dine smilende, mandelformede øjne kigger.
Ved jeg, hvad der mig på sinde ligger.

Jeg dig elsker så højt, du kære!
Og kan ikke lade være,
med dig at prise,
du som tilhører denne verdens vise!

Hvis du gifte dig med mig vil?
Siger du bare, hvad der skal til!

Hvem skal jeg anmode om din hånd,
så vi kan blive bundet af ægteskabets bånd?

Fatima var, selvom hun ikke var forberedt, ikke sen til at fortsætte:

"Kun mig Peter du kære,
min far har fejlet, desværre!

Så min smukke, dejlige mand,
det er bare mig, du skal spørge om ægteskabets stand!"

Lige efter, at Peter havde hørt det sidste vers, faldt han på knæ foran
Fatima og spurgte, om hun ville gifte sig med ham?

Der var ikke noget Fatima hellere ville!

Peter trak to guldringe op ad lommen og satte den ene på Fatimas finger. Den anden satte han på sin egen.

Nu var de forlovede!

Jeg var taget lidt til Marokko igen for at være sammen med Jamila og pleje mine interesser dér. Men fik lidt senere alt om deres forlovelse berettet af Christina.

Da jeg igen var kommet hjem fra Marokko sammen med Jamila og nu var i Perstorp, tænkte jeg meget på deres forlovelse, så jeg skrev en besked til Christina, at hvis festen kunne holdes hos dem, ville jeg gerne spendere den.

Det blev således. Vi holdt festen hos Christina og Søren, og jeg var den ædle giver. Der var ikke så mange til stede, der var naturligvis Fatima, Peter, Christina, Søren, Peters forældre Per og Signe samt Fatimas kære bror, Rachid. Ja, og så var der mig, jeg var dér alene. Jamila er en lidt sær bjergbo og ville ikke deltage.

Det blev et ganske udmærket forlovelsesgilde, med blandet dansk og irakisk mad; alle snakkede i munden på hinanden og var glade.

Peter slap virkelig godt fra den lille forlovelses tale han holdt til Fatima og gæsterne, inklusiv den gamle bedstefar (mig).

De var utrolig søde at se på, og jeg glædede mig oprigtigt, da Peter endnu engang satte ringen på Fatimas finger.

Mohamed, Fatimas far havde flere gange tryglet Fatima både via mail og på telefon om at komme tilbage til livet i Perstorp, men Fatima var standhaftig.

Rachid fortalte også, når han kom på besøg, hvordan han havde bedt ham Rachid om at snakke med Fatima.

Rachid sagde, at han var sikker på, at deres far virkelig savnede Fatima og havde fortrudt sine ugerninger, dominerende og grimme opførsel.

Tiden gik og en skønne dag, da Peter var færdig med sin uddannelse og havde fået sin højere handelseksamen, var det tid til at gifte sig.

Jeg havde igen været en tur i Marokko og var lige kommet alene tilbage denne gang. Det frydede mig stadig at høre og se, hvordan deres kærlighed til hinanden blomstrede, så jeg ville, som jeg havde gjort det med forlovelsesfesten, sørge for at brylluppet blev holdt standsmæssigt.

Fatima og Peter havde besluttet, at deres bryllup skulle holdes på et "neutralt sted, på en neutral dag."

Festen kunne vi bare holde den efterfølgende weekend.

Så der blev bestilt tid på Kalundborg Rådhus på en fredag kl. 14. Hvis nogle af de nærmeste pårørende havde lyst til at komme, var de hjertelig velkomne!

Præcis tre uger inden kom der en gammel Mercedes dieselbil i støvende fart op ad grusvejen til Christina og Søren, hvor man slet ikke måtte køre så stærkt.

Det var ingen andre end Mohamed og Rachid, der kom farende på den måde.

Da bilen holdt stille, men stadig dampede af varme, sprang først Rachid og så Mohamed ud af den.

De bankede på husets dør, som Søren åbnede. Da det gik op for ham, hvem det var, bød han dem straks indenfor, hvor de blev bænket i køkkenet.

Mohamed fortalte, at han havde hørt fra Rachid, at Fatima og Peter ville giftes, så det var hans inderlige ønske, at få lov til at holde bryllupsfesten for dem hjemme i Perstorp. Da han kendte datoen for deres bryllup på Kalundborg Rådhus om fredagen, ville det være rigtig godt med bryllupsfesten om lørdagen! Han havde allerede reserveret Ahmeds restaurant til begivenheden. De kunne selv tænke over, hvem de ville invitere med, sådan cirka 50 personer, en fra eller til gjorde ikke noget!

"Jamen, jamen, jamen! Fatima er ikke hjemme i dag, hun er hos tandlægen i Sverige og Peter kommer først om et par dage!" fik Søren sagt.

"Det betyder ikke noget, sagde Mohamed, bare snak med dem i weekenden og meld tilbage til Rachid på telefonen, han er meget bedre til svensk og dansk end jeg. Forresten glemte jeg at sige, at festen er med betalt overnatning!"

I det samme stak jeg uventet hovedet indenfor, jeg havde været på tur med Fie på stranden og sagde: "Hej Mohamed, hej Rachid, I er nok kommet langt væk hjemmefra!" Ja, det måtte de erkende, det var en lang vej, men Mohamed og Sahra ville så inderligt gerne holde bryllupsfesten, så det de lige havde fortalt til Christina og Søren, fik jeg serveret én gang mere.

"Fatima tror meget på dig, så nu må du hjælpe mig, så hun accepterer mit forslag og bliver god igen!" sagde Mohamed uden at kigge hen over mig denne gang, han kiggede direkte på mig.

Jeg fattede hurtigt, at det var hans måde at angre sin vanvittige, egoistiske opførsel på, så han tilmed kunne "holde skindet på næsen" over for sin omgangskreds i Sverige, så jeg lovede ham med et glimt i øjet, at jeg nok skulle finde ud af det.

Da vi mødtes den efterfølgende fredag aften, Fatima, Peter, Christina, Søren og jeg, gennemgik vi nøje det hele og snakkede om, hvem der i givet fald skulle inviteres med til festen.

Der var bare det, at Fatima ikke ville have, at hendes far, den store tyran, skulle holde deres fest.

Søren snakkede til hende om at være tolerant, og Christina klappede hende blidt på kinden. Peter sagde på sin stille måde, at han syntes, det ville være en god idé, at lade Mohamed holde brylluppet, det var jo ikke usandsynligt, at han angrede og ville gøre det godt igen!

Jeg fik også lov til at sige noget, så jeg sagde, at det ville være dejligt for Fatimas mor Sahra, at vi alle kunne mødes igen og være glade, endvidere behøvede Fatima jo heller ikke at overrende familien i Perstorp, hun fik sit eget hjem, når hun blev gift med Peter og ville få sig et arbejde, så det ville blive reguleret.

Efter en lang time erklærede Fatima, at hun var indforstået med, at hendes far og mor holdt bryllupsfesten, men hun skulle stadigvæk giftes med Peter på Kalundborg Rådhus.

Frank

Da Mohamed var blevet den gamle Mohamed igen, tog jeg ophold i Perstorp i et par uger, nu der ikke var nogen, der ville kidnappe mig længere.

Da jeg skulle tilbage til Danmark den efterfølgende mandag, tog jeg den billigste kollektive rute, jeg kender. Det er med Pågatåget (nærtog) fra Perstorp til Helsingborg og videre med færgen til Helsingør, hvor toget mod Roskilde venter.

Da jeg var kommet vel ind i toget, kiggede jeg mig lidt omkring.

Jamen var det ikke min gamle maskinkommandørkaptajn K..... (mere går det ikke at skrive) der sad derovre?

Jeg kiggede en ekstra gang. Jo, den var god nok, det var ham! Han var blevet en gammel mand, men så stadigvæk sund og frisk ud. Jeg regnede hurtigt, han måtte være midt i firserne.

Jeg tog mig sammen, gik over til ham og sagde: "Undskyld mig! Men er De ikke kommandørkaptajn K....? Jeg hedder Poul Otto Jørgensen." Han sad et øjeblik, mens han så på mig gennem de guldindfattede briller. Det var den samme type, han havde båret hele sit liv. Så åbnede han munden og begyndte at tale. Hans stemme var stadig som før, lidt lav, og talen var den præcise og venlige, som jeg huskede den.

"Skal vi dog ikke sige du til hinanden og være på fornavn?" var det
første, han sagde. Jeg nåede slet ikke at svare, før han fortsatte: "Vi er
jo ikke i det ildsprudende søværn længere, og du er formentlig også
seniormedlem i Maskinmestrenes Forening ligesom jeg. Du kender
sikkert ikke mit fornavn, selvom jeg kender dit. Jeg hedder Frank! Og
dig Poul, din gamle bandit, glemmer jeg aldrig! 1. MO (1.
maskinofficer) i bevogtningsfartøjerne. Var du ikke kommet til mig, var
jeg kommet til dig, jeg havde set dig. Du ligner stadig dig selv. Jeg
husker, hvordan du som den første fik malet alle rør i de rigtige farver
og fik sat pile med påskrift på, så man kunne se, hvad der var inde i
rørene og hvilken vej det løb." Jeg havde glemt alt om det, jeg havde
lavet så meget maskinel dokumentation i mit liv, at jeg havde svært ved
at holde rede på, hvor og hvornår, så jeg sagde: "Åh, jeg var vel ikke
den første." Men det var han sikker på, så jeg lod ham blive i troen.

Frank var en smule kraftigere, end jeg huskede ham, men som sagt i fin
form. Den smalle moustache var blevet lidt mere grå ligesom den
smule hår, han havde tilbage. Hans blik var det samme, hans lyseblå
øjne udstrålede stadig viljestyrke men samtidig ro. Hans lidt sarkastiske
smil, som mange havde misforstået, var velbevaret.

Det varede derfor heller ikke længe, før vi kastede os ud i diskussioner
og snak.

Vi nåede alligevel at skifte til toget mod Kalundborg i Roskilde, inden
det var for sent. Der er somme tider ikke meget tid til at nå fra spor 7
til spor 2, ned af trapperne, gennem viadukten og op igen.

Da vi kom på toget mod Kalundborg, spurgte jeg Frank, om han også
skulle til Kalundborg; men nej, han skulle bare med til Holbæk. Han
fortalte, at han var på vej hjem til Holbæk, hvor han boede alene i et

stort hus med udsigt til Holbæk Fjord.

Hans kone Gudrun var død for 9 år siden. De havde bare en datter, som boede i Helsingør sammen med sin mand, der havde været ansat ved Helsingør Kommune. Der var to børnebørn, en pige og en dreng, som for længst var fløjet fra reden. Han havde været på weekend besøg dér og var på vej hjem.

Jeg fortalte om, hvordan mine to første koner var døde på tragisk vis; jeg var gift for tredje gang med en berberkvinde i Marokko, så jeg rejste en del frem og tilbage. Mit permanente opholdssted var i Perstorp i Sverige, men jeg havde også en campingvogn stående hos min datter og svigersøn på Røsnæs ved Kalundborg. Det var derfor jeg var steget på samme tog som ham i Helsingør.

Jeg nåede også at fortælle, at jeg i øjeblikket havde kastet mig over skriverier og skrev bøger for at få afløb for alle mine ideer og tanker og mærkelige oplevelser.

Der fik ham til at spidse ører, så jeg blev nærmest tvunget til at fortælle mere om Soffianes budskab og mine tanker om stjernestøv i blodet.

Hans sanser og tankevirksomhed blev vakt; jeg så og hørte det med det samme.

Han udbrød: "Det burde være indlysende for enhver, at mennesket ikke kan overleve med krig med de afskyelige, totalt, udslettende våben, vi anvender i dag!"

Det var begrænset, hvor meget jeg videre kunne fortælle ham på den korte tid, det tog, inden vi nåede Holbæk.

Pludselig, lige inden Holbæk kunne ses i det fjerne, sagde han til mig: "Poul! Hvad skal du lave resten af dagen?" Jeg svarede, at jeg havde et løst program og bare skulle slappe lidt af og nyde naturen på Røsnæs ved Kalundborg fjord. "Den kan du lige så godt nyde ved Holbæk fjord! Du er hermed inviteret hjem til mig, så vi kan få bedre styr på dine verdensteorier!" sagde han, mens han smilede på sin sarkastiske måde.

Inden jeg havde set mig om, var jeg fanget i hans garn og på vej i taxaen fra Holbæk station til hans hus ved fjorden.

Det var, som jeg allerede havde forestillet mig, en gammel, stor patriciervilla med en sirlig holdt have. Udsigten over fjorden var formidabel, selvom den aldrig ville kunne slå udsigten fra Røsnæs over Kalundborg fjord.

Det første jeg skulle have var en velkomstøl, men jeg måtte pænt takke nej og fortælle, at det var fortid.

"Så er vi to, der ikke drikker alkohol længere!" udbrød han glad og skænkede os to store appelsinjuice.

Vi drak eftermiddagskaffe og spiste lidt småkager til, mens vi stadig snakkede om alt det forunderlige i denne verden og i multiverset.

Jeg fik større og større mistanke til, at Frank havde stjernestøv i blodet, men sagde ingenting.

Da vi havde spist aftensmad i den store opholdsstue, kiggede jeg mig lidt omkring i stuen. Pludselig, som lyn fra en klar himmel, så jeg et fotografi hængende på væggen. Det var en ung Fatima. Det var bedstemor Essaddia, far Mohamed, det var mor Sahra og lille Rachid. Der var flere på billedet, en ældre mand, et ægtepar mere og nogle børn.

Jeg følte et sug i maven. "Hvor har du det billede fra Frank?!" nærmest råbte jeg.

"Ja, det fik jeg ikke fortalt dig. På mine gamle dage deltog jeg i en fredsbevarende mission i Irak. Familien du ser her, var vores mønstrer familie, udvalgt på grund af dens etniske og religiøse sammensætning. De levede i det samme store hus, trods det, at de var meget forskellige, både med hensyn til religion og herkomst. Jeg ærgrer mig tit over, at jeg ikke fik deres kontaktoplysninger!"

"Du," sagde jeg. "Jeg kender dem!" "Jamen har du været i Irak?" spurgte Frank undrende. "Jeg kender dem hjemmefra Perstorp! De er irakiske flygtninge i Sverige," fortsatte jeg, og fortalte Frank hele historien om familien og tragedien og om Fatima, der ikke ville giftes med Hussein, men nu havde fundet den eneste ene, Peter!

Den gamle kommandørkaptajn blev fyr og flamme, jeg skulle tage ham med til familien i Perstorp, så han kunne besøge familien.

Jeg sad lidt og tænke og fik en idé. "Ja, du skal komme med til Perstorp, du er hermed inviteret til Fatimas og Peters bryllup. Vi henter dig her i Holbæk og bringer dig tilbage. Men det skal være en overraskelse, kun du og jeg må vide det. Det bliver spændende at se, hvordan de reagerer, når de ser dig!"

Frank var straks med på idéen, så jeg skrev ham på min interne liste over bryllups deltagere med det samme.

Jeg var ikke længere i tvivl. Frank havde også stjernestøv i blodet!

Jeg overnattede i den store villa og tog først toget videre til Kalundborg den næste eftermiddag efter at have udvekslet kontaktoplysninger med Frank.

Da vi var ankommet til Franks hjem, havde jeg ringet og fortalt Christina, at jeg havde mødt en gammel ven i toget og var taget med ham hjem og først ville ankomme den næste eftermiddag.

Men da jeg ankom til Christina, Søren og Fatima den næste eftermiddag, nævnte jeg hverken min vens navn eller fortalte, hvor jeg havde været. Der var nu heller ingen, der spurgte mig.

Klædninger

Da næste kapitel omhandler Fatimas og Peters bryllup, hvor gæsterne var meget forskelligt klædt, mange var i orientalsk tøj, vil jeg fortælle lidt om orientalsk beklædning, set fra min praktiske verden.

Den mellemøstlige kjortel hedder på arabisk djellaba. Der findes flere typer af denne, hvor jeg kender de marokkanske bedst. De hedder fuchia og sleeva.

Det irriterer mig faktisk en smule, når man sætter alt i bås og skriver med stor troværdighed på internettet, at djellaba, fuchia og sleeva er muslimsk beklædning.

Hvorfor ikke bare acceptere beklædningerne som ældgamle beklædninger fra en svunden tid, lang tid før islam og kristendommen kom til verden.

Så jeg vil godt bruge lejligheden til at afmystificere disse beklædninger; de er praktiske beklædninger til hverdag og fest. Du skal jo heller ikke aflægge nogen trosbekendelse, når du køber dette tøj!

Det er rigtigt, at de fleste, der anvender dragterne, er muslimer på grund af klædningernes store udbredelse i Mellemøsten og andre varme områder i verden. Men de kan anvendes af dem, som ønsker det.

Det er klædedragter, der er tilpasset et varmt klima.

Der var også kaftanen, som var beklædningen i hele Centralasien og blev spredt vestover, den kunne meget vel være forløberen for den marokkanske sleeva. (Mit eget gæt). Den blev benyttet af en bred skare af forskellige mennesker, nationer og religioner.

Nogle steder var den lavet af vævet stof, andre koldere steder var den i forhistorisk tid lavet af skind

Jeg har allerede nævnt de to slags djellabaer i Marokko. Det er sommer djellabaen, der hedder fuchia og vinterdjellabaen, der hedder sleeva.

Fuchia og sleeva anvendes af både mænd, kvinder og børn.

Fuchiaen er lavet af tyndt stof, mange med korte ærmer. Den kan være helt uden broderier, som for eksempel til nattøj. Den kan være med skønne og fantastiske broderier, brokade og med indvævet sølv og guldtråde. Den anvendes som sagt om sommeren, hvor det er varmt, og hvor den er særdeles praktisk, den giver luft til kroppen og forhindrer hudløshed, så man slipper for at købe dyre cremer.

Sleevaen er den ideelle lange, lukkede vinterfrakke, vævet af tykt stof og altid med lange ærmer og meget ofte med hætte.

Sleevaen anvendelsesområde er mest som overfrakke, men den anvendes også om vinteren indendørs i de mange, uopvarmede huse, så der findes et bredt udsnit af sleevaer.

Hvis man holder sig fra de pebrede priser på internettet og går til sin lokale skrædder, er både fuchia og sleeva tilmed meget billige beklædningsgenstande.

Så er der hele tørklædesnakken, som efter min mening har taget stærkt overhånd. Jeg spekulerer ofte på, hvorfor?

Mange mennesker tror i dag, at tørklædet er specielt muslimsk. De tror også, at tildækningen af ansigtet er speciel muslimsk.

Da jeg var en lille dreng, gik alle de kvinder, der fandtes i nabolaget, med tørklæde. Min egen mor skulle have tørklæde på, når hun gik udenfor. Malkepigerne havde altid tørklæde på, det var praktisk, enten de var danske eller polske. Jeg så kun min bedstemors hår tre gange i mit liv, og hun var almindelig dansk folkekirke medlem.

Senere for slet ikke så mange år siden, solgte jeg tørklæder på markeder, både ensfarvede, spraglede og mønstrede i alle regnbuens farver. De gik som varmt brød, jeg solgte rigtig mange!

Jeg har på mine rejser rundt om i verden, set alle afskygninger af tørklæder og tildækninger, specielt ude på landet, på Cypern og i Grækenland samt på de små afsides græske øer.

På Cypern, ude på landet, hvor befolkningen var græsk katolsk, var kvinderne, både unge og gamle tildækket i meget stort omfang, både med krops tildækning, tørklæder og ansigts tildækning og de deltog ikke i noget arbejde på hotellerne; det var hidkaldte, russiske piger, der tog sig af det. Det giver vel lidt stof til eftertanke!

I Grækenland var det også ude på landet mest de ældre og gamle kvinder, der var tilhyllede på næsten samme måde.

Jeg husker klart, da jeg kom med postbåden til en af de afsides øer i det nordlige Ægæerhav og gik en lille tur, inden vi skulle sejle videre, hvordan jeg blev forbavset, da jeg så lillemor sidde dér på stengærdet fuldstændig indhyllet!

Senere da jeg strejfede rundt på Alonissos, en af de større øer i det nordlige Ægæerhav, så jeg en del af disse tildækkede kvinder. Alle var de græske katolske.

I Marokko, forskellighedernes og mangfoldighedernes land, er der stor forskel på dette alt efter, hvor man befinder sig. Er man i berberland er tørklæderne spraglede ligesom fuchiaerne er det og en lille del er tildækket. I araberland er mange tørklæder mørke, sorte eller ensfarvede, her går ingen med de spraglede berber tørklæder. Fuchiaerne er også ensfarvede eller sorte for en stor dels vedkommende. I storbyerne ser man kun få tildækkede kvinder, mens tildækningsgraden er større ude på landet og i bjergene.

Da jeg for nogle år siden var på ekspedition i Antiatlasbjergene i Marokko, så jeg forskellighederne fra den ene lille bjerglandsby til den anden. Det gjaldt husene, det gjaldt beboernes grad af venlighed, det vi fik at spise og sågar klædedragten! Det var meget mærkeligt at se; på bare 20 kilometers afstand varierede klæderne, og den måde de blev båret på. Så der blev lidt mere at tænke over.

Jeg havde nær glemt sjalet, som kvinderne også og anvender i vores del af verden. Det er et klædningsstykke, som kan have flere former, men ofte er trekantet. Det der bæres over skuldrene.

I Marokko oplever jeg dagligt, at mange kvinder bærer sjal både til hverdag og fest.

Sjalerne de bærer i hverdagen, er enkle og ensfarvede, når de bæres af araberkvinderne, mens berberkvinderne bærer sjaler med blomstrede mønstre. Det er mest de ældre kvinder, der bruger sjalet i hverdagen.

Til festbrug er sjalerne ofte brokadesjaler, flot broderet i smukke farver med indvævede sølv og guldtråde.

Så nu tror jeg; vi er rustet til at betragte de mange forskelligartede gæster til bryllupsfesten.

Bryllup

Det blev, som de havde planlagt de kære to, de blev gift på rådhuset i Kalundborg en sensommer eftermiddag kl. 15.

Fatima havde lånt Christinas brudekjole, den passede hende godt, efter at Christina og Fatima havde "hekset" lidt med den på Christinas symaskine, den var som ny, da Christina kun havde brugt den til sit bryllup

De var nødt til at købe et nyt slør, da det gamle traditionen tro var revet i stykker.

Hvor var hun dog smuk, Fatima, da hun stod dér iført Christinas brudekjole.

Peter havde købt sig et nyt, flot, mørkt jakkesæt hos Magasin i København, så han var ikke til "at skyde igennem!" Jeg må sige, at Peter var en usædvanlig, flot ung mand.

De matchende hinanden så godt, da de sagde ja til hinanden, mens Gunver Jensen fra Kalundborg kommune formanede dem, som man nu engang skal formane et nygift par.

Der var slet ikke så få, der overværede ceremonien: Fatimas far, mor, bror, Peters far, mor, søster, bror, Christina, Søren, fire hesteveninder og jeg. Hvis jeg ellers regner rigtigt, bliver det til fjorten personer.

Guldringen som Fatima allerede havde fået på fingeren to gange før, fik hun på fingeren én gang mere.

Den gamle drønnert til Mohamed fældede en lille tåre; jeg kiggede godt efter for at se, om det var en "krokodilletåre," men måtte konstatere, at den var ægte nok.

Christina blev også lidt "rørstrømsk," men det havde jeg nu også forventet.

Da ceremonien var forbi, tog vi alle fjorten hjem til Christina og Søren, hvor vi fik en lille forfriskning og et par snitter, vi skulle jo alle med den lejede bus den næste dag til Perstorp.

Lørdag klokken fjorten, samledes vi alle på torvet i Kalundborg undtagen Mohamed, Sahra og Rachid, der var kørt tilbage til Perstorp fredag aften. Vi skulle med en svensk bus, som Mohamed havde sørget for.

Fatima og Peter havde ikke brudetøjet på, men ville vente med at iføre sig det til umiddelbart inden festen.

Til alles forbavselse kørte bussen fra motorvejen til Holbæk, hvor den parkerede uden for Franks hus. Alle kiggede, da Frank kom ud i irakisk fest dress, der meget lignende den fuchia, jeg ville tage på til brylluppet.

Frank snakkede og morede sig ganske godt sammen med os. Når nogen spurgte ham, hvem han var, og hvad han havde lavet, fortalte han, at han og jeg kendte hinanden fra søværnet, hvor vi begge havde været maskinofficerer. Hvilket jo var rigtig nok, selvom der havde været en stor rangforskel. Franks stjernestøv i blodet, havde markeret sig. Jeg blev mere og mere klar over, at han tænkte meget som Soufiane. Det kom egentlig lidt bag på mig, for man kan godt have stjernestøv i blodet, uden at tænke Soufianes tanker, og Soufiane havde han sandsynligvis aldrig stiftet bekendtskab med.

Mens bussen kørte af sted, var der et lettere traktement, mens et par irakiske spillemænd underholdt.

Øresundsbroen blev passeret, E22 uden om Malmø blev passeret, og Eslöv blev passeret, inden bussen kørte ad små genveje forbi mark og skov for til sidst at ende uden for det store hotel i Perstorp, hvor alle havde en time til at indlogere sig og eventuelt skifte tøj. Betzy og Niels var allerede ankommet.

Der var ikke særlig langt til Ahmeds restaurant, vi skulle bare ned over jernbanesporene; lidt længere fremme lå Ahmeds restaurant med et festlokale, hvor der var plads til hundrede personer.

Alle os gæster skulle komme som de første, og brudeparret skulle komme som de sidste for at modtage vores hyldest.

Da jeg trådte ind i lokalet, kunne jeg se, at det næsten var fyldt, så jeg anslår, at der må have været mere end halvfems gæster.

Det frydede mig, for det var en meget blandet flok. Der var danskere, der var svenskere, der var irakere og andre, som jeg ikke umiddelbart kunne bedømme. Nogle kvinder havde lange kjoler på, andre korte og nogle endda bukser. Nogle af de irakiske kvinder var iført brokade, syede kjoler, djellabaer, fuchiaer til kvinder og nogle havde farvet tørklæde. De fleste af dem, der ikke bar tørklæde, havde diadem i håret.

Hvad mændene angik bar en del traditionelt jakkesæt, både mørkt og farvet, mens andre bar fuchiaer og lignende djellabaer.

Jeg havde, som allerede fortalt, som den gamle provokatør jeg nu engang er, iført mig min flødefarvede fuchia. Så var der lidt at snakke om.

Den var gammel fra mit eget bryllup i Marokko, hvor jeg i begyndelsen havde båret jakkesæt og senere skiftet til fuchia.

Det varede ikke længe, før Mohamed bød velkommen. Han ønskede inderligt, at vi måtte opleve og få en rigtig god bryllupsfest. "Nu ventede vi bare på brudeparret," proklamerede han.

Så fik han et chok, da han så ud over forsamlingen. Det var jo danskeren fra den fredsbevarende mission, der stod dér. Det blev for meget for Mohamed. Hvad var dog det? Han råbte endnu engang til forsamlingen: "Jeg ser, at vi har en speciel æresgæst her i dag, vores gamle ven fra den fredsbevarende mission i Irak, hjertelig velkommen Frank!" Så gik Mohamed ned og omfavnende ham; der var ingen tårer i den gamle slyngels øjne.

Efterfølgende fik Frank en "omgang" af Rachid, og mor Sahra gav ham et stort knus. Bedstemor Essaddia kunne slet ikke holde sig tilbage og gav ham flere kæmpe kram, også hun havde gensynets tårer i sine øjne.

Lige efter trådte brudeparret ind gennem døren, det var et virkelig flot brudepar. Fatima med Christinas brudekjole, opsat hår med et diadem, der strålede i alle regnbuens farver og de fantastiske mandelformede, mørkebrune øjne, der strålede som to sole. Peter var lige så flot i sit mørke jakkesæt med en nellike i knaphullet, også hans blå-grønne øjne strålede, de var som to store stjerner. Hans smilede og hilste på alle, samtidig med at han skred værdigt frem med sin viv.

Alle stimlede sammen om dem og klappede.

Da Fatima så Frank, den gode danske mand, der sammen med andre ligesindede havde været på en forgæves fredsskabende mission i Irak, lyste hun op som en sol og gik over til ham og gav ham et stort kram.

Jeg kunne se på Frank, at han snart var helt ør i hovedet af alt det krammeri, selvom han nød det i fulde drag.

Peter fik hurtigt forklaret af Fatima, hvem Frank var, så Peter kunne hilse pænt på ham.

Brudeparret satte sig ved bordet, hvorefter hele den glade forsamling tog plads.

Det var ikke mad, der manglede, jeg nåede aldrig at få tal på alle de eksotiske retter og fandt kun ud af, hvad et fåtal af dem hed.

Jeg var ikke vant til så mange forskellige retter mad fra Marokko, hvor det næsten altid er tagine, med forskellige grøntsager, kylling, kalkun og fisk, vi spiser.

Mohamed havde efterhånden levet en del år i Sverige, så der var "dispensation" til dem som ville have en øl, et glas hvidvin eller et glas rødvin.

Til dem, der ikke drak alkoholiske drikke, var der et bredt udvalg af læskedrikke.

Der var musik under hele festligheden, arabisk musik, som man lige skal vænne sig til, men som stiger i værdi i takt med de smukke danserinders eksotiske dans. Desuden var der også en svensk spillemand, som spillede ind imellem.

Brudeparret sad med Peters forældre Tom og Signe til den ene side og Fatimas forældre Mohamed og Sahra til den anden side.

Under festlighederne kiggede Peter hen over bordet, direkte på Muhammed, som var tvunget til at kigge igen, hvilket var blevet næsten naturligt for ham på det sidste.

Peter sagde på sin stille måde: "Jeg anmodede dig ikke om din datter, Fatimas hånd, for det ville Fatima ikke have, at jeg skulle gøre, både fordi hun vidste, at du ikke ville give mig den, og fordi hun var rasende på dig. Men i dag takker jeg dig utrolig meget for, at du ændrede mening. Og jeg takker dig lige så meget, fordi du holder vort bryllup, da jeg betragter det som din accept!"

Mohamed vidste et øjeblik ikke hvad han skulle sige, og hans blik flakkede. Men så kiggede han direkte på Peter og sagde: "Jeg ved nu, at du er en god mand, og jeg er ikke i tvivl om, at du vil behandle Fatima godt hele livet igennem, så du fik hendes hånd for lang tid siden, uden at du vidste det, og her har du også min!" Den stride Mohamed gav Peter sin hånd og omfavnede ham. Peter var mere end accepteret!

Da Peter netop havde vendt sig fra Mohamed, skete der noget endnu lige så mærkeligt! Den gamle bedstemor Essaddia, der havde spyttet farvel efter Fatima, da hun blev smidt ud, kom hen til Peter og tog Peters hænder i begge sine krogede hænder og kiggede længe på ham på den måde, indtil hendes rynkede øjne blev et stort smil og hun mumlede noget, som kun hun forstod.

Peter havde set flere af de andre mandlige familiemedlemmer give hende et kys midt, ovenpå hovedet, så da han gjorde det samme, blev hendes smil til et kæmpe grin.

Peters bryllupstale var speciel! Han takkede Fatima, fordi hun altid var så mild og blid og altid forstod ham. Han takkede Mohamed og hans hustru Sahra! Sahra var selvom hun var indkøbschefen altid tilbageholdende, så det frydede hende ekstra, at også hun blev nævnt!

Peter takkede sin far og mor for deres altid store forståelse og gavmildhed.

Peter var kommet i det poetiske hjørne og havde skrevet nogle vers i dagens anledning og læste dem op:

"Hyldest til Fatima

Oh! Fatima, du kære! Her er min besked!
Du er det smukkeste, jeg ved!

Oh! Fatima, du smukke! Jeg håber, du forstod,
du er så rar, så mild og så god!

Oh! Fatima! Du gode! Vi vil gå den samme vej,
for du har giftet dig med mig!

Oh! Fatima, du skønne! På Røsnæs jeg dig så,
da du i Søren og Christinas have ville gå!

Oh! Fatima, du kære! Da du ville gøre haven fin,
var mit store ønske; du skulle blive min!

Oh! Fatima min egen! Det gav i mit hjerte et klik,
da jeg så dit smukke blik!

Oh! Fatima, du smukke! Jeg er sikker på, at fremtiden er vor,
for vi forstår.

At tolerere hinandens værdier
og filtrere, hvad verden siger!

Oh! Fatima, du kloge! Vi vil sammen af kundskabens træ øse!
For problemer med børn og familie at løse!

Oh Fatima! Du kære! Tak for at du blev min,
jeg vil til evig tid være din!"

Da Fatima kvitterede med en tale så smuk,
gav det i alles hjerter et suk!

"Når jeg tænker på dig min kære Petermand,
går det over min forstand,

at jeg dig på Røsnæs skulle møde!
Du skønne, dejlige søde!

Da du kom til mig i haven ind
og øste af dit gode sind,

blev jeg ganske ør,
så jeg troede, jeg var blevet skør!

Men jeg vidste inderst inde godt,
at vi skulle bo på samme slot."

Hun ønskede for dem begge to,
at deres tilværelse ville blive så go', så go'!

Med et liv i en verden skøn!
Det var og blev hendes store bøn!

Mohamed holdt sin tale, den var nu ikke så ringe endda! Han talte ikke hen over vore hoveder, som han havde for vane, når han skulle distancere sig. Men talte direkte, oprigtigt og henvendte sig til os alle.

Han undgik smidigt hele hændelsen med det første giftermål, hvor Fatima var blevet banket og smidt på porten.

Han frydede sig nu i stedet over, at Fatima var blevet gift med forretningsmanden Peter, som havde en glorværdig fremtid med en fantastisk uddannelse, som han, Mohamed aldrig havde kunnet få! (Han glemte aldrig at være materialistisk!) Så nu var der kun tilbage, at lykønske det smukke og dejlige brudepar!

Så talte Peters far, Tom. Han takkede for festlighederne og håbede på, at familierne ville komme godt ud af det med hinanden. Det ville være så skønt.

Så lavede han lidt sjov med dagen, som kun han kunne gøre det. Det skulle ikke være lutter alvor det hele.

Endelig fik den gamle bedstefar (mig) lov til at sige lidt, så jeg begyndte min lille tale således:

"Jeg lykønsker i dag både Peter og min gamle bekendt, særdeles gode veninde og reservedatter Fatima med deres bryllup!"

Jeg kiggede imens over mod Mohamed, som blot nikkede glad; jeg vil aldrig få at vide om han forstod, hvad jeg sagde, eller om han inderst inde frydede sig over, at jeg havde taget affære og draget omhu for Fatima i nødens stund. Jeg vælger at tro på det sidste.

Jeg fortalte lidt om Peter, som jeg havde kendt fra han var ganske lille. Det var både sjove og alvorlige begivenheder, mens gæsterne lyttede med stor opmærksomhed.

Da jeg spøgte med, at de begge måtte have stjernestøv i blodet, kiggede jeg samtidig ud over forsamlingen, og jeg konstaterede, at Fatima og Peter følte sig beæret, og at mange forstod min udtalelse; enten havde de læst min bog 'Stjernestøv i blodet,' eller også havde de selv stjernestøv i blodet; så jeg fortsatte min tale således:

"Stjernestøv i blodet

kan virke lidt rodet;

men medføre et liv som ej er trist,
det er sikkert og vist!

Glæden ved livet
er ikke givet;

men stjernestøv i blodets åre,
gør dig til en overlever så såre.

Med stjernestøv i blodet, du andres liv forstår,
hvor de end i multiverset står og går.

Vi er alle i multiverset lige,
selv hver eneste lille dreng og pige!"

Til sidst skulle vi prøve at råbe hurra for brudeparret på dansk og det lykkedes over al forventning, specielt med Frank, som råbte med en styrke, jeg aldrig havde hørt ham præstere før.

Lige som jeg havde sat mig, var der flere, der spurgte, hvad stjernestøv i blodet var for noget?

Fatima var ikke sen til at forklare, at det vidste Pål alt om. Han havde endda skrevet en bog om det, som hun lige havde læst.

Så jeg blev opfordret til at forklare hele forsamlingen, hvad det vil sige at have stjernestøv i blodet.

Jeg protesterede først, jeg ville ikke tage kostbar tid fra brylluppet.

Men da Fatima insisterede en gang mere, klappede alle gæsterne i deres hænder og råbte, at jeg skulle fortælle om stjernestøvet i blodet!

Jeg tænkte så det knagede, hvor skulle jeg begynde, og hvor skulle jeg ende?

Jeg valgte at begynde med den orange ildkugle, som vores hund Blackie og jeg havde set fra Gisseløre ved Kalundborg i Danmark. Jeg fortalte, hvordan den var slået ned ved vores hjem, ligesom jeg havde skrevet det i bogen.

Derefter fortalte jeg om mødet med det lille rumfartøj og observationen af de små sølvglinsende mænd, der arbejdede uden på det emmende fartøj.

Jeg fortalte om, hvordan min søn Casper og jeg den næste morgen havde fundet en lille syg, sølvglinsende, efterladt mand, som havde plantet sin livsvisdom i mig via telepati.

Jeg fortalte om manden, Hans fra multiverset, som blev min perleven.

Jeg fortalte om, hvordan han havde forklaret mig om stjernestøv i blodet, og jeg fortsatte med at fortælle om, hvordan jeg havde konstateret, at jeg selv havde stjernestøv i blodet, og hvad der kendetegner en person med stjernestøv i blodet.

Jeg havde forventet, at folk bare havde forstået det overfladisk, men måtte erkende, at der kom flere kvalificerede spørgsmål og tilmed begejstring over det fortalte, selvom jeg havde brugt 20 minutter af brylluppet på prædikenen.

Der var mange, der aftenen igennem kom for at snakke om stjernestøv i blodet med mig, når der var en ledig stund.

Frank holdt sig heller ikke tilbage. Hvorfor havde jeg ikke fortalt ham om Hans ved vores møde i Holbæk? Jeg måtte forklare Frank, at jeg var nødt til at tage en ting ad gangen, for ikke at blande det hele sammen. Jeg ville komme og besøge ham i nær fremtid, hvor vi også skulle have noget at snakke om.

Der blev spurgt yderligere til Hans. Mange ville have hans adresse, som jeg desværre ikke kunne give oplysning om, hverken på grund af myndighedernes forbud eller på grund af Hans, der ville være anonym og leve et stille jordboliv med sin kone Lise.

Jeg måtte også forklare, at han heller ikke havde lyst til at holde foredrag.

Der kom også andre, der ville købe mine bøger, men da jeg ikke havde nogen med, måtte jeg henvise dem til de danske boghandlere eller salget på internettet.

Da hovedmåltidet var slut, småsnakkede vi, inden der kom en kæmpe bryllupskage på bordet, som blev skåret for af Fatima og Peter i forening.

Vi drak kaffe og te efter behag.

Jævnfør dispensationen blev der serveret figenlikør til dem, der ville prøve denne specialitet.

Jeg kom "ved kaffebordet" til at sidde overfor Sahra, selvom hun var over halvtreds år gammel, var hun stadig smuk, klog og lignende Fatima en del, hun havde de samme mandelformede øjne og talte på næsten samme stille måde, da hun sagde:

"Tak Pål for din omhu for Fatima. Jeg havde bedt om på højeste sted, at der ville komme én som dig og hjælpe Fatima i nødens stund. Jeg havde bedt om, at Fatima ville finde den rigtige mand, så jeg er lykkelig for, at hun har fundet Peter, og at han har fundet hende! Tak endnu engang!"

Så gjorde hun noget ganske uventet, både gæsterne tæt på og jeg blev meget overraskede. Hun gav mig et kæmpe, kæmpe kram. Mohamed så det, men også hans reaktion var uventet, han sendte mig jordens største smil.

Jeg fældede en tåre, jeg tror, at det blev bemærket af flere, det var stærke følelser, der var på spil.

Bagefter forklarede hun mig, at den Mohamed hun havde giftet sig med for snart mange år siden, havde været en god, mild mand. Men situationerne i Irak, hun brugte flertalsformen, for det havde været den ene dårlige oplevelse efter den anden, med krig og ufred og tab af forretning og hjem, havde sat sit præg på ham. Nu håbede hun blot, at alle de sidste positive hændelser ville være med til at blødgøre ham, så han blev den gamle Mohamed igen.

Jeg kunne ikke lade være med at tænke på, at samme tanke var poppet op fra mit indre flere gange på det sidste; så jeg nikkede og sagde med et stort smil: "Jeg er helt sikker på, at det er den gamle Mohamed, du har fået tilbage Sahra!" og fortsatte: "Nu er jeg ikke bange for ham længere, så hvis han skulle få et tilbagefald, skal jeg nok få ham på den rette vej igen!"

Sahra blev så glad for mit svar, at hun klappede mine hænder flere gange.

Bedstemor Essaddia kunne ikke lade være med at vise billeder af hendes familiehus.

Så alle skulle se det prægtige hus,
der nu var skudt i grus.

Hun fældede en tåre,
da hun tænkte på den båre,

der førte hendes mand fra ruinen ud.
Hun tænkte på, hvordan hun havde bedt til Gud;

om at spare hans liv;
men nu lå han dér, som et bøjet siv,

med en lemlæstet, blodig krop;
ham, der håbede, at krigen ville gøre stop!

Bedstemor Essaddia var delt i sit sind.
Det hele føltes som en hvirvelvind!

Det var en drøm så ond,
der kom til hende fra livets bund.

Selvom hun levede godt i sit nye land,
savnede hun så meget sin gode mand!

Hun sad en stund
og følte sig på gyngende grund.

Bang!!!
Så lå hun på gulvet så lang!
Men mor Sahra, havde hørt hendes ynkelige sang!

Hun vidste, hvordan hun skulle klare den sag!
Med en pille for stress og jag!

Det var ikke første gang at bedstemor Essaddia var faldet omkuld på den måde, og det blev sikkert heller ikke sidste gang. De sørgelige minder fik hendes hjerte til at galopere, så hun mistede bevidstheden, når hun tænkte for meget på den sørgelige, sidste tid i Irak.

Hun måtte modvilligt aflevere billedet af det irakiske familiehus til mor Sahra for en stund.

Selvom bedstemor var blevet lidt stille, fortsatte festen for fuldt drøn, med optræden, dans og sang.

Da den svenske spillemand spillede brudevalsen, slap Fatima og Peter ikke, men måtte danse den med bravour, mens gæsterne stimlede sammen om dem. Det kom ikke bag på dem, de havde i smug øvet sig hjemme i Danmark.

De slap heller ikke for risen, som blev kastet efter dem, da de forlod restauranten over midnat, hvor en "svensk topgejlet limousine," afhentede dem, for at køre dem til hotellets brudesuite ad en omvej med raslende konservesdåser efter sig!! Der blev dyttet og båttet, selvom det vistnok er forbudt, med unødigt dytteri i Sverige.

Da festen var slut, og det var tid til at takke af, klarede Mohammed dette lige så godt,som da han havde budt velkommen.

Alle, der ikke boede nær, overnattede som før skrevet på hotellet, hvor morgenmaden undtagelsesvist blev serveret kl. 10 den næste dag, inden afgang til hjemmet, for danskernes vedkommende med en bus igen.

Jeg tog ikke med tilbage til Danmark, da jeg skulle tilbringe nogen tid i Perstorp. Jeg overnattede også i min lejlighed.

Peter og Fatima havde nogle dage fri, som blev brugt til en lille bryllupsrejse til Bornholm, som Peter kendte så godt og glædede sig til at vise Fatima. Han havde i sin barndom og ungdom tilbragt mange dejlige ferier dér.

Efterskrift

Nogle få uger inden brylluppet havde Peter bestået sin eksamen og søgt job i Københavnsområdet, hvor han fik job i logistikafdelingen i et stort entreprenørfirma og var begyndt på arbejdet, som han syntes rigtig godt om.

Efter at Mohamed havde "kastet håndklædet i ringen" og al fare var drevet over, havde Fatima og Peter været i Hässleholm til møde på Yrkeshögskolan, hvor det blev aftalt, at Fatima skulle starte igen, så hun kunne blive færdig som apotekstekniker i løbet af et halvt år.

Fatima og Peter lejede i første omgang en lejlighed nær Hyllie Station i Sverige (forstad til Malmö), så Fatima hver dag kunne tage toget til Hässleholm, og Peter kunne tage toget den modsatte vej til København. Dette var det mest praktiske, da Fatima med sin svenske opholdstilladelse i det lange løb ikke måtte blive boende i Danmark. Desuden var hendes apoteksteknikeruddannelse også special svensk, så hun skulle, når hun var færdig med uddannelsen, arbejde i Sverige.

De havde planlagt deres fremtid omhyggeligt. De ville ikke have børn før Fatima var færdig med uddannelsen og havde fået et job. Efterfølgende kunne de tænke på familieforøgelsen.

De er nu i gang med at finde en passende byggegrund, så Peters drømmehus, som han drøftede med Søren, kan blive en realitet nær Malmø i stedet for på Røsnæs.

Entreprenørfirmaet har givet udtryk for, at de også er meget glade for Peter, så nu er det bare Fatima med de smukke mandelformede, mørkebrune øjne, der håber på et godt job, når hun har uddannelsen i hus om kort tid.

Det lykkedes for Mohamed, uden Husseins "hjælp," at holde sin blandede landhandel i gang takket være sin forvandling. Han var blevet meget mere fleksibel og meget mere kundevenlig, og så havde han Sahra, der blev rigtig dygtig til at finde gode og stabile leverandører, nu da hun havde fået frie hænder.

Rachid havde hjulpet sin gamle far rigtig meget, efter at han var blevet kaldt tilbage; men fik i løbet af et lille års tid tilbudt en elevplads i Swedbank, som han tog imod med kyshånd.

Først havde Mohamed været imod det, det var jo hans gode arbejdskraft og gode hjælp, der forsvandt, men efter at have tænkt lidt over det, syntes han alligevel, at det var en rigtig god idé! Nu blev han en uddannet mand ligesom Peter.

Tro mig, om ikke Sahra har haft en finger med i spillet i Mohameds ændrede mening.

Det var også Sahra, der meget snedigt og mod Mohameds vilje fandt Christian, en svensk ung mand, som viste sig at have skjulte evner udi købmands faget, så det endte med, at han blev en super fin erstatning for Rachid.

Den gamle kommandørkaptajn Frank blomstrede endnu mere op, nu da han med et trylleslag, havde fået en ny og sprudlende familie fra Irak, der betragtede ham som en gammel vismand, som det var godt at spørge til råds. Det passede Frank ganske udmærket, så han lagde tit vejen forbi Perstorp, hvilket også kom mig til gode, når jeg var hjemme.

Bedstemor Essaddia var i bund og grund en stærk kvinde, som overvandt sit "granatchok." Nu kiggede hun sjældent på billedet af sit gamle familiehus længere; så hun lever i bedste velgående og beder til Gud, som også er Fatimas, Peters, din og min Gud, også selvom du måske proklamerer, at du ikke er troende!

De er alle "tilpassere" og overlevere!

Fra drømmens verden
vil jeg berette lidt om min færden.

Jeg drømte om Fatima at hjælpe i nødens stund,
så hun ikke blev på den dybe grund.

Jeg drømte ikke om guld og ædle stene;
men bare om Peter og Fatima alene.

Jeg drømte om hvordan kærligheden på tværs af kultur,
kan være som fange i et bur.

Jeg drømte om de usynlige bånd,
der bliver bundet med kærlighedens hånd.

Jeg drømte om den varme,
der er i kærlighedens arme.

Jeg drømte om stjernestøv i blodet.
Men eksisterer det overhovedet?

Ja! Det er jeg sikker på!
for vi vil multiverset nå,
når vi lærer at forstå
de stærke kræfter, de store og de små.

Da jeg drømte om krigens gru,
kom jeg et gammelt rim ihu:

Plant FRED, hvor du end går,
så alle forstår,

at det er FREDEN vi skal dyrke,
for den er vor styrke!

Så plant FRED på vor jord!